MIS O  J

IVOR OWEN

(Aberystwyth)

Darluniau:

RAYMOND DAY

GWASG
GEE

ⓗ Ivor Owen

Pedair stori am Huw a Puw,
dau efell deuddeg oed,
yn treulio'u gwyliau haf
gyda'u mam mewn carafan ar
lan y môr yn ABERHALEN

Ail argraffiad 2000

ISBN 0 7074 0345 6

Argraffwyd a Chyhoeddwyd gan
WASG GEE, LÔN SWAN, DINBYCH.

Y STORÏAU

1. YR INDIAD

" FE GAWN ni sbort, Huw."

" Cawn, Puw."

Roedd Huw a Puw ar stesion Bryncoch gyda'u mam
yn aros i'r trên ddod. Roedden nhw'n mynd am fis o
wyliau — ie, *mis* o wyliau — yn y garafan ar lan y môr
yn Aberhalen. Roedd y ddau ar bigau'r drain eisiau i'r
trên ddod.

" Sefwch yn llonydd, da chi," roedd eu mam wedi
dweud wrthyn nhw hanner dwsin o weithiau. A'u ffordd
nhw o sefyll yn llonydd oedd ysgwyd yn ôl ac ymlaen
fel pe baen nhw ar fwrdd llong, a chwibanu ' Morio ' ar
yr un pryd.

Glywsoch chi'r gân ' Morio '?

> ' Morio, morio rhwng y tonnau
> Rhag i'r llong fynd ar y creigiau;
> Dal yn dynn wnawn ar y rhaffau
> Neu cawn suddo maes o law.'

Mae hi'n gân fach swynol. Ond, chlywsoch chi erioed
mo Huw a Puw, y ddau efell deuddeg oed, yn ei chwi-
banu hi. Dyna'r sŵn mwyaf aflafar yn y byd. Nid yn
unig roedden nhw allan o diwn gyda'r dôn, ond roedden
nhw allan o diwn gyda'i gilydd hefyd. O, sŵn ofnadwy!

" Wir, fechgyn, byddwch yn dawel!" meddai eu mam.

" Rydw i'n mynd i gael gwyliau tawel, cofiwch."

" Wyt ti'n clywed, Huw? Gwyliau tawel! Mae mam
yn mynd i gael gwyliau tawel."

"Hy! Dim chwarae; dim rhedeg; dim neidio; dim siarad . . . dyna ydy gwyliau tawel, Puw," meddai Huw gan edrych yn drist ar ei frawd.

"Dyna ddigon o'ch siarad chi nawr. Rwy'n mynd i brynu llyfr ar y stondin acw i'w ddarllen yn y trên. Sefwch chi yma gyda'r bagiau." A cherddodd y fam at y stondin.

"Dau gomic hefyd, mam," gwaeddodd Huw ar ei hôl hi.

Ond trodd Mrs Powel glustiau byddar ar ei meibion.

Dechreuodd y chwibanu unwaith eto. O, sŵn ofnadwy!

Ryw bedair neu bum llath oddi wrth y bechgyn roedd Indiad yn sefyll a'i dwrban coch am ei ben. Roedd e wedi bod yn llygadu'r bechgyn ers tro — ac roedden nhw wedi bod yn ei lygadu fe, bid siŵr — ond nawr, hoeliodd e ei lygaid duon arnyn nhw. Roedd e wedi cael hen ddigon ar y gân. Fe fyddai wedi symud ers meitin, mae'n siŵr, onibai am y ddau gês ar y llawr wrth ei ochr. Mae'n debyg eu bod nhw'n rhy drwm i'w cario ymhell.

Yn sydyn, peidiodd Huw â chwibanu. Doedd ar Puw ddim eisiau canu solo, a throdd i edrych ar ei frawd.

"Be . . . be sy, Huw?" gofynnodd Puw.

Roedd Huw yn syllu, a'i geg yn llydan agored, ar yr Indiad, ac roedd rhyw olwg bell, bell yn ei lygaid.

"Hei, Huw, wyt ti'n cysgu ar dy draed? Huw, deffro!" a rhoddodd Puw bwniad i'w frawd. Ond dal i syllu'n geg agored ar yr Indiad a wnâi Huw.

Edrychodd Puw hefyd ar yr Indiad, ac ar unwaith, fe deimlodd e lygaid yr Indiad yn llosgi i mewn iddo fe. Tawodd ei gân yntau, a safodd a'i geg yn llydan agored a syllu ar y dyn du.

Ac felly y cafodd Mrs Powel ei dau fab pan ddaeth hi'n ôl o'r stondin lyfrau — y ddau a'u cegau'n agored ac yn syllu i gyfeiriad yr Indiad. Ac roedd tawelwch dros bob man, ond am sŵn y bobl ar y stesion ac injan neu ddwy'n chwythu ager i lawr y lein, wrth gwrs! Ond doedd pethau fel hyn ddim yn ' sŵn ' i Mrs Powel. Lleis-iau ei meibion oedd yr unig ' sŵn ' iddi hi.

" Caewch eich cegau, fechgyn, neu fe fyddwch chi'n llyncu'r trên pan ddaw e i mewn i'r stesion," meddai'r fam.

Wrth gwrs, meddwl roedd hi mai rhyw gêm newydd oedd hon ar ran y bechgyn — pwy allai sefyll a'i geg a'i lygaid ar agor hwyaf, mae'n debyg. Doedd hi ddim yn gwybod eu bod nhw wedi cael eu swyno gan yr Indiad.

" Dewch at y bagiau nawr. Fydd y trên ddim yn hir," meddai hi wedyn. Ond dal i syllu ar yr Indiad a wnâi'r ddau fachgen.

" Rydw i wedi prynu dau gomic i chi ddarllen yn y trên."

Ond symudodd y bechgyn ddim.

" Hei, fechgyn, beth sy'n bod arnoch chi? " meddai'r fam. O'r diwedd, roedd hi wedi sylweddoli bod rhyw-beth yn bod ar y bechgyn. Edrychodd hi o'r bechgyn at yr Indiad. Roedd ei lygaid e wedi eu hoelio arnyn nhw o hyd. Rhedodd hi at yr Indiad.

" Be rydych chi wedi'i wneud i'r bechgyn yma? " meddai hi wrtho fe. " Rydych chi wedi'u swyno nhw neu rywbeth."

" Ydw; rydw i wedi'u swyno nhw. Ond wir, wraig fach, allwn i ddim dioddef eu chwibanu nhw ddim munud yn hwy. Roedd yn rhaid imi wneud rhywbeth. Ond mae'r bechgyn yn iawn, wraig fach. Edrychwch! "

Rhoes yr Indiad glec â bys a bawd yn wynebau'r ddau

efell, a dyna'r ddau'n ysgwyd eu pennau ac yn edrych ar ei gilydd.

" Ble rwyt ti wedi bod? " gofynnodd Huw i Puw.

" Ble rwyt ti wedi bod? " gofynnodd Puw i Huw.

Ond doedd dim amser i aros am ateb oherwydd dyna'r trên yn dod i mewn i'r stesion.

" Y bagiau, fechgyn, a pheidiwch â rhedeg nawr," meddai'r fam. " Sefwch nes bod y trên yn aros."

" Compartment gwag, Huw," meddai Puw. " Gwylia di am gompartment gwag, ac mi ddo i â'r bagiau yma."

" O'r gorau, Puw. Mae'r trên yn aros, a dacw un."

Brasgamodd Huw gyda'r trên, ac roedd e i mewn yn y compartment gwag bron cyn bod y trên wedi aros.

" Y compartment yma, Huw," meddai'r fam gan sefyll wrth gompartment arall. " Mae merch ifanc yn y compartment yma."

" Na, mam, mae compartment gwag gan Huw. Rho'r bag yma ar y sêt, Huw, ac wedyn, tyrd i helpu," meddai Puw.

" O'r gorau, i mewn â chi," meddai'r fam. " Ond mae'n neis cael siarad â rhywun yn y trên."

" Fe gewch chi siarad faint a fynnoch chi â ni, mam," meddai Puw. " I mewn â'r bagiau yma nawr."

Mewn llai na hanner munud roedd y fam a'r bechgyn a'r bagiau yn y compartment, ac wrth gwrs, fe gaeodd y bechgyn y drws yn syth. Doedd arnyn nhw ddim eisiau neb arall yn y compartment. O, nac oedd! Fe fyddai hynny'n difetha'r ' sbort '.

Edrychodd Puw o gwmpas y compartment.

" Dyma ni, compartment gwag a dim ond ni'n tri ynddo fe! Tyrd at y ffenest, Huw, rhag ofn i neb arall ddod i mewn. Mae'r Indiad yna ar y platform o hyd."

Safodd y ddau frawd, nid *wrth* y ffenest, ond *yn* y

ffenest, gan edrych yn gas ar bawb a feiddiai edrych i gyfeiriad eu compartment nhw. Dim ond y dewr iawn — neu'r ffôl — a fentrai i'r compartment yna a'r fath wyl-wyr wrth y drws!

Roedd yr Indiad ar y platfform o hyd. Meddwl roedd e pa mor bell y gallai e gario'r ddau gês trwm. Roedd y compartment nesaf at yr efeilliaid yn wag o hyd ond am y ferch ifanc, olygus a oedd yn eistedd wrth y ffenest. Ac wyneb pert y ferch a benderfynodd y mater. Llus-godd yr Indiad y ddau gês at ddrws y compartment. Agorodd e'r drws a stwffio'r ddau gês i mewn. Aeth yntau i'r compartment.

"Wyt ti'n gweld, Huw? Mae'r Indiad wedi mynd drws nesaf," meddai Puw a'i law dros ei geg i gadw'i lais rhag treiddio i glustiau'r Indiad.

" Ac mae'r ferch ifanc yn y compartment hefyd."

" Fe fydd e'n ei swyno hi, fe gei di weld. Welaist ti ei lygaid e? Rydw i'n siŵr ei fod e'n gallu swyno," meddai Puw.

Ar y gair dyna'r gard yn canu'i bib, ac yn araf, dech-reuodd y trên lusgo allan o'r stesion.

" Hwrê! Mae'r trên yn mynd," gwaeddodd Huw.

" Aberhalen, dyma ni'n dod! " gwaeddodd Puw.

Wn i ddim ai rhybudd i bobl Aberhalen oedd y frawddeg olaf yma, neu beth . . .

" Dewch o'r ffenest yna, ac eisteddwch yn dawel," meddai'r fam. " Rydych chi'n gwybod be rydw i wedi'i ddweud. Rydw i'n mynd i gael mis o wyliau tawel. Cofiwch nawr. Ac fe ddechreuwn ni'r funud yma. Y ddau ohonoch chi, un ymhob cornel, a dyma'r ddau gomic i chi, a dim un gair o'ch pennau chi am hanner awr o leiaf. Rwy'n mynd i ddarllen."

O'r gorau, mam," meddai Puw. " Ond faint fyddwn ni yn y trên? "

" O, rhyw dair awr. Dyna i gyd."

" Tair awr? Iesgob! " meddai Puw.

*   *   *   *

Am hanner awr fe fu rhyw fath o dawelwch yn y compartment, a gallodd Mrs Powel ddarllen cryn dipyn ar ei llyfr. Ond doedd y llyfr ddim yn un cyffrous iawn, oherwydd fe sylwodd Huw fod ei fam yn anadlu'n rhythmig a braidd yn uchel. Edrychodd e'n graff arni hi. Wel, wrth gwrs, chwyrnu roedd hi. Chwyrnu'n ysgafn ac fel gwraig fonheddig, ond chwyrnu'r un fath.

" Hei, Puw, mae mam wedi mynd i gysgu. Gwrando arni hi. Mae hi'n chwyrnu."

" Miwsig hyfryd, Huw."

" Be wnawn ni nawr, Puw? "

" Mynd am dro, siŵr iawn."

" Mynd am dro i fyny'r coridor."

" Ie. Tyrd."

" Rhaid inni agor y drws i'r coridor yn gyntaf."

" Gwaith hawdd. Dyma ni."

Agorodd Puw y drws i'r coridor yn dawel fach, a'i gau e ar ei ôl.

" Nawr, fe awn ni am dro bach i weld pwy sydd ar y trên yma," meddai Puw. " Mae'r Indiad yn y cerbyd nesaf yma."

" Ydy, ac mae'r ferch ifanc gydag e. Hist! Mae e'n siarad â'r ferch. Be mae e'n ei ddweud? Gwrando! "

Safodd y bechgyn yn hollol lonydd a gwrando. Deuai llais yr Indiad atyn nhw'n glir o'r compartment nesaf.

" Tyrd nawr, Mili. Dyna ferch dda. O, paid â bod yn

ferch ddrwg. Tyrd . . . i mewn i'r bag . . . i mewn i'r
bag . . Dyna ferch dda . . . i mewn i'r bag . . ."

Edrychodd y ddau efell ar ei gilydd, yn methu coelio'u
clustiau. Be roedd yr Indiad yn ei wneud? Â phwy roedd
e'n siarad?

" Mae e'n siarad â'r ferch ifanc, Puw."

" Ydy. Wyddost ti be mae e'n ceisio'i wneud? "

" Ydw, Puw. Mae e'n ceisio swyno'r ferch ifanc sy yn
y compartment gydag e."

" Dyna fe, Huw. Mae e'n ceisio swyno'r ferch a'i chael
hi i mewn i un o'r cesys mawr yna sy ganddo fe."

" Hist! Gwrando arno fe eto, Puw."

" Wyt ti'n dod, ferch? Tyrd nawr . . . dyna fe . . . Rwyt
ti'n mynd i mewn i'r bag nawr . . . i mewn . . . i mewn . . .
Dyna! Rwyt ti yn y bag! "

" Mae . . . mae hi yn y bag, Puw. Y ferch ifanc yn y
bag! "

" Be mae e'n mynd i'w wneud â hi, Huw? "

" Wn i ddim, wir. Gwell inni ddweud wrth y polîs."

" Does dim polîs ar y trên, y dwl! "

" Dweud wrth y gard . . . neu ddweud wrth mam."

" Twt! Mae hi'n cysgu . . . Hist! Mae rhywun yn
dod."

O ben draw'r coridor roedd llais yn galw,—

" Cinio! Cinio cyntaf! Cymerwch eich seddau, os
gwelwch yn dda. Cinio cyntaf! "

" Dyn y goets fwyta! Ddwedwn ni wrtho fe, Puw? "

" N . . . na, Huw. Fe gawn ni weld be sy'n digwydd."

Daeth dyn y goets fwyta heibio i'r bechgyn gan weiddi
ei neges wrth fynd ymlaen. Diflannodd e i ben arall
y trên.

" Be wnawn ni nawr, Puw? "

" Does dim rhaid inni wneud dim am funud. Mae'r

Indiad yn dod allan o'i gompartment. Mae e'n mynd i gael cinio, siŵr o fod. Edrych trwy'r ffenest ar y wlad, Huw. Does arnon ni ddim eisiau iddo fe sylwi gormod arnon ni."

Daeth yr Indiad i'r coridor a chaeodd e ddrws y compartment yn ofalus ar ei ôl. Chymerodd e fawr o sylw o'r bechgyn. Na hwythau ohono fe. Am y funud roedd ganddyn nhw ddiddordeb mawr yn y wlad y tu allan i'r trên.

"Wyt ti'n gweld y fferm acw, Huw . . . " dechreuodd Puw. Ac yna gan sibrwd, "Mae e'n mynd i gyfeiriad y goets fwyta, gallwn feddwl, Huw. Fe awn ni i mewn i'r compartment nawr. Ac fe fyddwn ni'n rhyddhau'r ferch ifanc druan. Meddwl amdani, Huw, yn y cês yna."

"Fe fydd hi'n mygu, Puw."

"Bydd, os nad agorwn ni'r bag yn fuan. Mae e'r Indiad wedi mynd nawr. Tyrd."

"Yn dawel nawr, Puw. Edrych trwy'r ffenest yn gyntaf."

Edrychodd Puw trwy'r ffenest.

"Does neb yn y compartment, Huw. I mewn â ni."

Agorodd y bechgyn y drws ac i mewn â nhw i'r compartment.

"Nawr te, ym mha fag mae'r ferch yna, Huw?"

"Hm! Yn y bag trymaf, Puw."

"Wrth gwrs. Nawr, p'un yw'r trymaf?"

Roedd y ddau gês mawr ar y sêt. Cydiodd y bechgyn ynddyn nhw a cheisio'u symud.

"Hew! Mae'r cês yma'n drwm, Puw," meddai Huw. "Ydy hwnna'n drwm hefyd?"

"Ydy, Huw."

"Ydy e'n drymach, Huw?"

"Wn i ddim, wir."

Cydiodd y ddau fachgen ynddo.

"Efallai ei fod e," meddai Huw, "ond dyw e ddim llawer yn drymach. Fe agorwn ni'r cês yma i ddechrau, ac os nad ydy'r ferch yn hwn . . . wel, mae'n rhaid ei bod hi yn y llall."

"Ffordd mae ei agor e? Mae eisiau allwedd, Puw."

"Nac oes, Huw. Edrych, dydy'r clo yma ddim wedi'i gloi. Rwy'n agor y cês nawr . . . Dyna fe! Wyt ti'n gweld?"

Cododd Puw gaead y cês mawr. Ond ble roedd y ferch? Doedd hi ddim yn y cês o gwbl. Ond roedd rhywbeth arall yn y cês. Cododd y 'peth' ei phen a'i ysgwyd yn ôl a blaen, a'i thafod ar yr un pryd yn hisian ar y bechgyn.

Safodd y bechgyn am eiliad neu ddwy yn hollol fud yn methu coelio'u llygaid. Puw gafodd hyd i'w dafod gyntaf.

"Neidr! Neidr! Ac mae hi'n dod allan o'r cês. Tyrd, Huw! Nôl i'r compartment â ni a chau'r drws."

Roedd Puw allan o gompartment yr Indiad cyn iddo orffen y frawddeg, a Huw gydag e. Rhuthrodd y ddau i mewn i'w compartment eu hunain, a chau'r drws.

"Ffiw! Dyna ni'n saff am funud neu ddwy, Huw. On'd oedd hi'n un fawr? Doedd dim rhyfedd fod y bag yn drwm."

"Siŵr bod y neidr yna'n pwyso mwy na'r ferch, Puw."

"Neidr? Neidr? Be ydy'r siarad yma am neidr?"

Roedd rhuthr y bechgyn i mewn i'r compartment wedi deffro'r fam o'i breuddwydion hyfryd.

"Roedd neidr fawr ym mag yr Indiad . . ."

"A nawr mae hi wedi dod allan . . ."

Siaradai'r bechgyn ar draws ei gilydd fel canu descant — fel y codai llais un yn uchel, fe godai llais y llall yn uwch.

" Ac mae hi yn y coridor . . ."

" Roedd hi'n rhedeg ar ein holau ni . . . "

" Dyw nadroedd ddim yn rhedeg . . . " torrodd y fam i mewn.

" Wel, roedd hi'n dod ar ein holau ni, ac mae hi wrth y drws yn aros am ein gwaed ni . . . "

Llwyddodd y fam i gael gair i mewn eto.

" Ydy'r neidr yma yn y coridor nawr? "

" Ydy, mam," atebodd y ddau fachgen.

" Rydw i'n mynd i edrych."

" Na, mam! Peidiwch â mynd allan. Mae hi'n siŵr o'ch brathu chi, mam."

" Dydw i ddim yn mynd allan, y dwl."

Agorodd y fam y ffenest i'r coridor a dodi ei phen allan.

" Wa! Neidr! Neidr fawr! "

Tynnodd hi ei phen i mewn a chau'r ffenest yn sydyn.

" Oes, mae yna neidr yn y coridor," meddai hi'n llipa.

" Rydyn ni wedi bod yn dweud wrthych chi, mam," meddai Puw.

" O ble daeth y neidr yma? "

" O gês yr Indiad, mam. Rydyn ni wedi dweud wrthych chi."

" Ond sut y daeth hi allan o gês yr Indiad? Ydych chi'ch dau wedi bod yn y compartment nesaf? "

" Ydyn, mam, ond rydych chi'n gweld, mam, mae'r Indiad yna wedi swyno'r ferch . . . "

" Ac mae e wedi dodi'r ferch yn un o'r ddau gês . . . "

" Roedden ni'n gwrando arno fe'n swyno'r ferch . . . "

" Roedden ni'n ei glywed e o'r coridor . . . "

" A phan aeth yr Indiad i gael cinio, fe aethon ni i mewn i'r compartment i dynnu'r ferch allan."

" Ond nid hi oedd yn y cês, ond y neidr . . . "

" Ac mae'r ferch yn y cês arall o hyd . . . "

" Mae'n rhaid inni ei thynnu hi allan o'r cês, neu fe fydd hi'n mygu."

Edrychai'r fam o'r naill fab i'r llall, fe pe bai hi'n gwylio gêm o dennis a'i llygaid hi'n dilyn y bêl o un ochr i'r rhwyd i'r llall. Oedd y bechgyn yn dweud y gwir am y ferch? Oedden, siŵr iawn. On'd oedd yr Indiad wedi swyno'r ddau fachgen ar y stesion?

" Be wnawn ni, mam? " gofynnodd Huw.

" Rhaid inni wneud rhywbeth, ond mae'r neidr yn y coridor. Allwn ni ddim mynd allan o'r compartment yma," atebodd y fam.

" Rhaid inni dynnu'r cordyn a stopio'r trên," meddai Puw.

" Beth? A chael ein cosbi bum punt? Dim peryg, 'ngwas i."

Ar y gair, dyma sgrech ofnadwy o'r coridor. Gwasg-odd y fam a'r bechgyn eu trwynau ar y ffenest i geisio gweld beth oedd yn digwydd. Mentrodd y fam agor y ffenest ac edrych allan. Roedd gŵr bach crwn yn y cori-dor, ac roedd e'n ei heglu hi gorau y gallai i lawr y cori-dor, a'r neidr yn llithro fel . . . wel, fel neidr, ar ei ôl e. Onibai am beryg y dyn bach, fe fyddai Mrs Powel wedi chwerthin. Wir, roedd e'n edrych yn ddigri.

Diflannodd y dyn a'r neidr i lawr y coridor. Fe allai Mrs Powel fentro allan o'r compartment nawr.

" Maen nhw wedi mynd," meddai hi.

" Fe allwn ni agor y cês arall te, a rhyddhau'r ferch ifanc, mam," meddai Puw.

" G . . . gallwn."

18

Agorodd y fam ddrws y coridor, ac edrych allan yn ofalus. Oedd, roedd y coridor yn glir nawr.

" Dewch," meddai'r fam ac arwain y ffordd i'r compartment nesaf.

" Dacw'r cês, mam," meddai Puw. " Yn hwnna mae'r ferch."

" Mae'n ddigon mawr i ddal merch go lew," meddai'r fam.

" Ydy. Rydw i'n gwybod sut i agor y cês. Mae e'r un fath â'r cês arall yna," meddai Puw.

" O'r gorau. Agor e, Puw."

Cododd Puw gaead y cês. Ond ble roedd y ferch? Doedd dim merch yn y cês yma chwaith, ond roedd rhywbeth ynddo. Cododd y neidr ei phen . . .

" Wa! Neidr arall, ac mae hi'n dod allan o'r cês."

Rhuthrodd y tri nôl i'w compartment eu hunain, a chau'r drws a'r ffenest yn syth.

Eisteddodd Mrs Powel a'i hances wrth ei thalcen. Roedd ei phen hi'n boeth a'i choesau'n crynu . . . ond ble roedd y ferch ifanc?

Roedd yr un cwestiwn ym meddwl Puw, oherwydd dyma fe'n gofyn, —

" Os nad ydy'r ferch yn un o'r ddau gês, ble mae hi, mam? "

Edrychodd Huw ar ei frawd. Doedd y cwestiwn ddim wedi'i daro fe. Ond wedi clywed y cwestiwn, fe ddaeth yr ateb yn syth i'w feddwl.

" Mae hi ym mola'r neidr! "

" Ach y fi! " meddai'r fam. " Paid â dweud y fath beth. Ond gwell inni edrych ble mae'r ail neidr yna. Ydy hi wedi dod allan i'r coridor, tybed? "

Agorodd y fam y ffenest yn dawel fach, ac edrych allan. Oedd, roedd y neidr yn y coridor, ond roedd hi

gryn bellter o'u drws nhw.

" Mae hi'n mynd i fyny'r coridor."

" Ydy hi'n saff inni fynd allan, mam? " gofynnodd Puw.

" Rwy'n credu'i bod hi," atebodd y fam.

Ar y gair dyma sŵn mawr o ben draw'r coridor.

" Be sy'n mynd ymlaen, mam? " gofynnodd Huw.

" Fe awn ni allan i weld," atebodd hithau.

Aeth y tri allan, a dyna lle roedd golygfa od. Dod i lawr y coridor roedd yr Indiad, a thwr o bobl y tu ôl iddo fe, ac wedi'i phlethu am fraich dde a gwddw'r Indiad roedd neidr fawr. Ychydig o'i flaen ar y llawr roedd yr ail neidr. Pan ddaeth yr Indiad ati hi, plygodd a sibrwd geiriau wrthi hi. Ac ar unwaith dyma hi'n ei phlethu ei hun am ei fraich chwith. Ac roedd hi'n globen o neidr.

" Dew! Sut mae e'n gallu cario'r ddwy yna? Maen nhw'n drwm iawn."

" Roedd e'n gallu'u cario nhw yn y ddau gês, Puw," meddai Huw.

Aeth Mrs Powel a'i dau fab i mewn i'w compartment i adael i'r Indiad a'i lwyth fynd heibio. Ond cyn gynted ag yr aeth e heibio, roedd Huw a Puw allan eto ac yn rhan o'r orymdaith a ddilynai'r Indiad at ddrws ei gompartment. I mewn ag e, ac ar unwaith dyma fe'n dechrau siarad â'r ddwy neidr.

" Dewch nawr, dyna ddwy ferch dda . . . i mewn i'r bagiau nawr. Dyna fe, Tili, i mewn i'r bag . . . a thi, Mili. Brysiwch nawr. Dyna ddwy ferch dda . . . i mewn i'r bag . . . A! Dyna Tili yn ei bag. Mili nawr . . . tyrd . . . i mewn i'r bag. Dyna! Rwyt ti, Mili, hefyd yn dy fag."

Roedd Huw a Puw yn gwylio'r cyfan a'i llygaid fel soseri.

" Wyt ti'n gweld, Huw? Siarad â'r ddwy neidr roedd e, nid â'r ferch ifanc," meddai Puw.

" Ie. Glywaist ti enwau'r ddwy neidr? "

" Tili a Mili! Go dda te! "

Caeodd yr Indiad y ddau gês, a throi'n sydyn at Huw a Puw.

" Pwy agorodd y ddau gês yma, a gadael i Tili a Mili ddod allan? Chi, y cnafon drwg. Rwy'n mynd i ddweud wrth eich mam nawr."

Camodd yr Indiad allan o'r compartment. Roedd Mrs Powel yn y coridor gyda gweddill y dyrfa. Aeth yr Indiad yn syth ati hi.

" Y ddau fachgen drwg yma! Nhw agorodd y ddau gês a gadael i Tili a Mili ddod allan. Bechgyn drwg ydyn nhw."

Ac er mawr syndod i Huw a Puw, meddai'r fam, —

" Nac ydyn, wir. Dydyn nhw ddim yn fechgyn drwg. Chi sy'n ddrwg. Rydych chi'n beryg ar y trên a'ch hen nadroedd. Does neb yn saff yma."

Gyda'r gair, trodd Mrs Powel ar ei sawdl ac aeth i mewn i'w chompartment, gan adael i'r Indiad falu awyr y tu allan. Dywedodd yr Indiad rywbeth mewn iaith nad oedd neb yn ei deall — ond fe, wrth gwrs — ac aeth nôl i'w gompartment.

Edrychodd Huw a Puw ar ei gilydd.

" Mae'n saff inni fynd i mewn," meddai Puw.

" Ydy, mae'n saff, Puw."

Aeth y ddau i mewn at eu mam. Ond ar unwaith fe drodd hi arnyn nhw.

" Y cnafon bach! Wn i ddim be wna i â chi. Mae rhyw fother gyda chi bob amser. Rhyw ddrygioni . . . "

" Ond, mam, ceisio helpu'r ferch ifanc yna roedden

ni," dechreuodd Puw. "Roeddech chi'n credu hefyd ei bod hi yn y cês . . . fod yr Indiad wedi'i swyno hi."

"Ydych chi'n siarad amdana i? " meddai llais o ddrws y compartment.

Yno roedd y ferch ifanc yn sefyll a gwên ar ei hwyneb prydferth.

"Wel, ie. Dewch i mewn," atebodd Mrs Powel. " Roedd y ddau fachgen yma'n meddwl bod yr Indiad wedi'ch swyno chi, a'ch pacio chi i mewn i un o'i gesys. Ac mae'n rhaid i mi gyfaddef, roeddwn i'n credu'r un peth."

" Efallai y byddai fe wedi fy rhoi yn ei fag, pe bawn i wedi aros yn y compartment gydag e. Ond mi ges i ddigon arno fe o fewn pum mund ar ôl gadael Bryn-coch," meddai'r un brydferth gan eistedd gyferbyn â'r fam. " Syth wedi i'r trên gychwyn, dyma fe'n dechrau clebran. Mi ges i hanes ei fywyd e i gyd o fewn dwy funud. Mae e'n mynd o gylch y ffeiriau yn gwneud triciau gyda'r nadroedd yna. Ac wrth gwrs, roedd yn rhaid iddo fe ddangos y nadroedd imi. Ond roedd un cip arnyn nhw'n ddigon i mi. Allan â mi, fy nghês a'r cwbl oedd gen i."

Roedd yn amlwg i'r ddau fachgen fod eu mam wedi darganfod rhywun y gallai hi gael sgwrs â hi, ac meddai Puw, braidd yn bryderus, bid siŵr, —

" Rydyn ni'n mynd am dro bach nawr, mam. Rydyn ni'n mynd yn stiff wrth aros yn y compartment yma trwy gydol yr amser."

" O'r gorau, fechgyn . . . o'r gorau."

Roedd hi wedi ymgolli yn sgwrs y ferch ifanc . . .

2. ACHUB BYWYD

LLE BACH tawel ar Fae Aberteifi yw Aberhalen. Does yno fawr o draeth, ac am y rheswm hwnnw, dyw'r ceir a'r bysiau ddim yn heidio yno ar brynhawn Sul yn yr haf, nac ar unrhyw ddiwrnod arall o ran hynny. Ac mae'r traeth bach sydd yno yn serth a does fawr o le i blant godi cestyll tywod yno. Ond mae Huw a Puw'n rhy hen nawr i chwarae yn y tywod. Nofio a physgota yw eu helfen nhw, a gan fod y traeth yn serth, mae'r môr yno'n ddwfn, a dyw'r trai byth yn mynd allan ymhell iawn. Mae'r ddau'n nofwyr cryf. On'd yw'r ddau wedi ennill eu medal bres am nofio ac achub bywyd?

Roedden nhw wedi bod yn Aberhalen ers tridiau bellach, ac wrth eu bodd yno. Roedd y tywydd yn braf, yr haul yn gynnes, a'r garafan ei hun mewn lle dymunol iawn. Roedd dwy neu dair o garafanau eraill yn y cae, ond dim ond ar y penwythnos roedd y rheiny'n llawn. Fe gâi'r bechgyn, felly, bob rhyddid yn y cae i chwarae pêl-droed a chriced yn ôl eu ffansi. Weithiau, fe fydden nhw'n mynd am dro trwy'r wlad hyfryd oedd o amgylch. Ac weithiau fe aen nhw i ymweld â Mr Bifan, y ffermwr a oedd yn berchen ar y cae lle roedd y garafan. Ond y môr a nofio oedd eu hobi pennaf.

"Wel, fechgyn, be rydych chi am ei wneud y bore yma?" gofynnodd y fam i Huw a Puw y trydydd bore hwnnw. "Nofio?"

"Ie, mam. Fe fydd y llanw i mewn reit i'r top erbyn hanner dydd," atebodd Huw.

" Ie, rydyn ni'n mynd i nofio, mam," ychwanegodd Puw. A dechreuodd e ddangos symudiadau'r *crawl* yn y fan a'r lle. " Un, dau; un, dau; un, dau . . . "

" Hei, aros, Puw. Neu fe fyddi di'n stwffio dy fysedd i'n llygaid i. Does fawr o le yn y garafan yma."

" Nac oes, wir, mam," atebodd Puw. " Wyt ti'n barod, Huw? "

" Ydw. Ble mae'r tywelion, mam, a 'nhrowsus 'drochi? "

" Ar y lein y tu ôl i'r garafan. Ond byddwch yn ofalus, fechgyn. Mae'r dŵr yn ddwfn iawn."

" Mae'r llanw'n dod i mewn, mam. Felly fe fydd popeth yn iawn, mam. A chofiwch am y ddwy fedal bres, mam."

" Rydw i'n cofio'n iawn. Ond mae'r nofwyr gorau'n methu weithiau."

Torrodd Puw ar ei thraws.

" Huw, gad inni chwarae achub bywyd y bore yma."

" Siŵr iawn, Puw."

" Achub bywyd? Be ydy ' achub bywyd '? Gêm? " gofynnodd y fam.

" Wel, ie, mam," meddai Huw.

" Sut rydych chi'n chwarae achub bywyd? "

" Wel," dechreuodd Huw, " mae Puw a fi'n mynd i lawr i'r traeth. Wedyn, mae Puw neu fi'n nofio allan i'r dŵr dwfn, ac mae Puw neu fi yn aros ar y traeth. Mae Puw neu fi'n nofio allan, a phan fydd Puw neu fi . . . "

" Aros di nawr, Huw. Dwed di fod Puw yn mynd allan i'r dŵr dwfn, a'th fod di'n aros ar y traeth. Mi fydda i'n deall yn well wedyn."

" O'r gorau, mam. Mae Puw yn nofio allan i'r dŵr dwfn, mam, ac rydw i'n aros ar y traeth. Pan mae Puw wedi nofio'n ddigon pell, mae e'n taflu'i ddwylo i fyny ac yn gweiddi 'Help! Rwy'n boddi! Rwy'n boddi'! "

" Rwy'n gweld," meddai'r fam.

" Wel te," aeth Huw ymlaen, " rydw i'n clywed y llais yn galw. Rydw i'n edrych allan i'r môr. Rydw i'n gweld y breichiau'n chwifio; rydw i'n gweld y pen fel corcyn ar wyneb y dŵr . . . "

" Hei, dydy fy mhen i ddim fel corcyn."

" Rwyt ti'n gwybod be rydw i'n feddwl. Wel, mam, mae'r llais o hyd yn gweiddi am help . . ."

" O, brysia, Huw, neu rydw i'n siŵr o foddi."

" Hist, Puw! " meddai'r fam yn swta.

" Rydw i'n clywed y llais o hyd, ac rydw i'n gweiddi nôl, ' Popeth yn iawn! Rwy'n dod '! "

" O, Huw! "

" ' Dal dy afael,' rwy'n gweiddi, mam . . . "

" Ond does gen i ddim i ddal 'nghafael ynddo, dim ond dŵr. Treia di afael mewn dŵr. Mae'n waeth na dal sebon yn y bath."

" Hist, Puw! " meddai'r fam eto.

" Mae'r pen o hyd fel corcyn ar wyneb y dŵr, mam, a dyma fi'n neidio i'r tonnau . . . "

" Dwyt ti ddim yn cribo dy wallt a glanhau dy ddannedd hefyd cyn neidio i'r dŵr. 'Run man iti, achos rydw i wedi boddi erbyn hyn."

" Na, dwyt ti ddim wedi boddi. Rwy'n neidio i'r dŵr, mam, ac yn nofio allan at y truan yn y dŵr."

" Paid ti â 'ngalw i'n druan! "

" Dyna be maen nhw'n ei ddweud yn y llyfrau."

" Wel, paid ti â 'ngalw i'n druan. Truan dy hun."

" O'r gorau. Rydw i'n nofio allan at y tru . . . at Puw, mam. Rwy'n cydio ynddo fe a'i droi e ar ei gefn. Rydw innau'n troi ar fy nghefn hefyd, ac wedyn yn nofio 'nôl at y traeth."

" Gyda Puw, wrth gwrs, Huw."

" Wrth gwrs, mam."

" Ond beth os bydd e'n cicio yn y dŵr, Huw? "

" Mae e'n cael un dan ei ên, mam. Fydd e ddim yn cicio wedyn."

" Ydych chi'n gwybod, mam, be fyddwn *i*'n ei wneud pe bawn *i* yn fe, a fe yn fi? "

" Dydw i ddim yn deall, Puw."

" Ydych chi'n gwybod be fyddwn i'n ei wneud pe bai Huw yn nofio allan i'r dŵr dwfn, a minnau'n mynd i'w achub e? "

" Na wn i."

" Mi fyddwn i'n dal ei ben e o dan y dŵr am ei fod e'n siarad cymaint."

" Fyddet ti ddim yn achub y truan wedyn."

" Na fyddwn, wrth gwrs."

" Wel, ewch nawr, dyna fechgyn da, neu fe fydd y llanw'n mynd allan cyn i chi gyrraedd y traeth."

Cydiodd y bechgyn yn eu tywelion oddi ar y lein y tu ôl i'r garafan, eu trowsusau 'drochi hefyd, ac i ffwrdd â nhw ar drot i lawr i'r traeth.

Roedd hi'n braf yno. Y môr yn las, a'r lle mor dawel. Doedd neb ar y traeth, dim ond dyn a'i ferch yn eistedd ar y creigiau fan draw.

Roedd y bechgyn wedi newid i'w trowsusau 'drochi mewn byr amser, ac roedd Puw yn barod i neidio i'r dŵr. Fe oedd yn mynd i gael ei achub.

" Rwy'n barod. Wyt ti, Huw? "

" Ydw, Puw."

" O'r gorau. I ffwrdd â mi! Ta ta! "

Neidiodd Puw i'r dŵr a dechrau nofio'n rhythmig i

ffwrdd o'r traeth. Holltai'r corffyn cryf trwy'r dŵr fel pysgodyn, a chodai'r breichiau'n lân ac yn dwt o'r dŵr, un . . . dau . . . un . . . dau . . . un . . . dau . . . heb dasgu'r un diferyn o ddŵr. Oedd, roedd Puw yn nofiwr da.

Roedd y dyn ar y creigiau yn ei wylio fe trwy ei sbïen-ddrych.

" Dyna iti nofiwr da," meddai fe wrth y ferch wrth ei ochr. " Mae e fel pysgodyn yn y dŵr. Edrych arno fe, Brenda," a rhoddodd y dyn ei sbïenddrych i'r ferch.

" Wir, mae e'n nofiwr da, dad. Bachgen yw e, dad? "

" Ie, bachgen, yn siŵr i ti."

" Mae e'n mynd allan ymhell, dad."

" Ydy, ond mae e'n ddigon saff."

" Ond mae'r dŵr yn ddwfn iawn yma."

" Ydy, siŵr. Ond mae e'n nofiwr cryf iawn, ac mae'r môr yn dawel."

Ond fel roedden nhw'n siarad felly, fe welson nhw'r nofiwr yn codi'i ddwylo'n sydyn, a'i glywed e'n gweiddi,

" Help! Help! Rwy'n boddi! Rwy'n boddi! "

" O, dad! Dad! Mae'r bachgen yn boddi! " meddai'r ferch.

" Be sy wedi digwydd iddo fe? Mae e'n nofiwr bach cryf. Cramp neu rywbeth, siŵr o fod."

Ac o flaen llygaid y ddau wyliwr, fe ddiflannodd pen y nofiwr o dan y dŵr.

" O, dad! Dad! " wylodd y ferch, a thasgodd y dagrau i lawr ei bochau.

Wrth gwrs, doedd hi, druan, ddim yn gwybod mai chwarae roedd Puw.

Dyna'r pen yn dod i'r golwg uwch y tonnau unwaith yn rhagor, a'r llais yn rhwygo tawelwch y bore, —

" Help! Help! "

" O, be wnawn ni, dad? "

" Oes dim cwch yma neu rywbeth? Wela i ddim un, a does neb arall ar y traeth. O, be wnawn ni? "

A dyna'r llais unwaith eto, —
" Help! Help! "

" Dad, rhaid i chi fynd i mewn ar ei ôl e."

" Fi? Rydw i'n rhy hen. Dydw i ddim yn gallu nofio'n ddigon da. O, be wnawn ni? "

" Rydw i'n mynd, dad. Rydw i'n gallu nofio ychydig."

" Nac wyt ddim. Dwyt ti ddim yn symud o'r fan hyn."

" Ydw," a dechreuodd y ferch deimlo'i ffordd i lawr y graig. Ond cydiodd dwylo cryfion ei thad ynddi hi.

" Nac wyt. Dwyt *ti* ddim yn mynd i beryglu dy fywyd hefyd."

" Ond mae'n rhaid, dad."

Na, doedd dim rhaid! Dyna sblas fawr, a gwelodd y dyn a'i ferch fachgen arall yn nofio'n gryf tuag at yr un oedd yn boddi.

" Edrych," meddai'r tad, ac O, y rhyddhad oedd ar ei wyneb e! " Mae bachgen arall yn nofio ato fe nawr. Mae *e*'n nofiwr da hefyd. Fe fydd *e*'n achub y bachgen, yn siŵr i ti."

Ddywedodd y ferch ddim un gair, dim ond gwylio a'i llygaid yn disgleirio gan ddagrau. Ond dagrau o lawenydd oedd y rhain. Roedd y bachgen yma'n siŵr o achub y truan yn y dŵr.

Wel, oedd, roedd y bachgen yma'n siŵr o achub y truan yn y dŵr. Onid oedd e a'r truan wedi trefnu hynny?

Cyrhaeddodd Huw ei frawd o'r diwedd, ac yna, gwelodd y dyn a'i ferch e'n cydio yn y truan, ei weld e'n ei droi ar wastad ei gefn mor ddeheuig, ac yna'n nofio gydag e 'nôl i'r traeth.

" Mae hwnna wedi dysgu achub bywyd, yn siŵr i ti," meddai'r tad wrth ei ferch. " Rhaid inni fynd i lawr i'r traeth atyn nhw. Fe fydd eisiau help ar y bachgen, fe gei di weld."

Cystal dweud nawr mai newyddiadurwr oedd y dyn, ond roedd yr ofn yn ei galon o weld bachgen yn boddi wedi bwrw pob syniad o stori o'i feddwl. Ond nawr roedd y bachgen yn ddiogel.

" Ydy'r camera gen ti? Rhaid inni dynnu llun y bach-
gen dewr yma, a chyhoeddi ei hanes e a'i lun yn y papur.
Tyrd, Brenda."

Ar y traeth, roedd Huw a Puw yn gorwedd gan geisio
cael eu gwynt atyn. Roedd Puw wedi nofio cryn bellter
allan i'r môr, a thipyn o dasg oedd hi i Huw nofio'n ôl
gydag e. Roedd y ddau'n anadlu'n drwm.

Yn sydyn, dyna ddyn a merch yn sefyll uwch eu pen-
nau nhw.

" Y bachgen dewr! " meddai'r dyn gan edrych ar
Huw.

" Y bachgen dewr! " meddai'r ferch gan edrych ar
Puw.

Yna, edrychodd y dyn a'r ferch ar ei gilydd. Roedd y
ddau fachgen yma mor debyg i'w gilydd â dwy ffäen.

" Dau efell ydych chi? " gofynnodd y dyn.

" Nage, gŵr a gwraig," atebodd Puw. " Be ych chi'n
feddwl? "

" Hist, Puw," meddai Huw.

" Wel, pwy oedd yn boddi, a phwy oedd yn achub? "
gofynnodd y dyn wedyn.

- " Fi oedd yn achub, a fe oedd yn boddi," atebodd
Huw.

" Dyma stori. Brawd yn achub brawd o'r môr. Beth
yw'ch enw chi? " gofynnodd y dyn.

" Huw. Huw Powel," ac roedd Huw yn ymwybodol
iawn o lygaid y ferch arno fe. Pam roedd hi'n edrych
arno fe fel yna? Fe pe bai e'n rhyw seren y ffilmiau neu
rywbeth. Teimlai ei frest yn chwyddo ryw gymaint. Ac
meddai fe ymhellach, —

" Ie, fi ydy Huw, ac fe ydy Puw. Rydyn ni'n aros yma
am fis o wyliau yn y garafan yng nghae Mr Bifan y
ffermwr."

31

"Ydych chi, wir," meddai'r newyddiadurwr. Doedd dim rhaid iddo *fe* holi dim.

"Ydyn, a Puw oedd yn boddi a fi oedd yn achub y bore yma."

A dyna'r ferch yn mentro gair.

"Ga i dynnu'ch llun? "

"Tynnu fy llun? Wel, cewch am wn i. Puw hefyd? "

"O, ie, Puw hefyd," meddai'r dyn. " Mae'n rhaid inni gael y ddau ohonoch chi gyda'ch gilydd. Sefwch gyda'ch gilydd nawr. A! Rwy'n gwybod! Wnewch chi ysgwyd llaw hefyd? "

"Ysgwyd llaw? Siŵr iawn, ond wn i ddim pam."

Safodd y ddau frawd gyda'i gilydd, a thynnodd y ferch eu llun.

"Diolch yn fawr," meddai hi wedi gorffen ei thasg. "Diolch yn fawr iawn, iawn, iawn."

A chwyddodd brest Huw ychydig bach yn fwy eto wrth iddi hi edrych arno fe. Ac fe deimlai ei wyneb e'n cochi hefyd. Faint oedd hi, tybed. " Hŷn na mi," meddyliai Huw. " Mae hi'n bymtheg siŵr o fod."

Yn sydyn, symudodd y ferch tuag ato fe. Rhoddodd hi ei freichiau amdano a'i gusanu e slap ar ei geg.

"Y bachgen dewr," meddai hi.

A Huw druan, wyddai fe ddim ble i edrych, na beth i'w wneud. Ond fe wyddai Puw. Roedd e'n gorwedd ar y llawr yn siglo chwerthin.

"Diolch yn fawr. Dewch, dad," meddai'r ferch wedyn.

Ac i ffwrdd yr aeth y ferch a'i thad, y newyddiadurwr.

"Beth oedd yn bod ar y ferch yna? ' gofynnodd Huw pan oedd y ddau wedi mynd o'r golwg.

"Wedi syrthio mewn cariad â thi, siŵr o fod," atebodd Puw a siglo chwerthin unwaith eto. "Peth od hefyd."

Sobrodd Puw yn sydyn.

"Pam roedd hi'n syrthio mewn cariad â thi? Rydyn ni mor debyg i'n gilydd ag y gall dau fachgen fod . . . yn enwedig yn y trowsusau 'drochi yma! Pam nad oedd hi'n syrthio mewn cariad â fi hefyd."

"Ie . . . ond glywaist ti hi'n dweud . . . 'Y bachgen dewr'? "

"Ac fe ddwedodd y dyn rywbeth hefyd. 'Brawd yn achub brawd o'r môr' neu rywbeth fel yna."

"Ie, dyna be ddwedodd e."

"Huw, rwy'n gwybod! "

"Be? "

"Roedd y ddau yna'n meddwl dy fod di wedi f'achub i o'r môr yn iawn! "

"Wel, ie. A dyna pam roedd hi'n rhoi cusan i mi."

"Ie. Ti, Huw, yw ei harwr hi."

A dyna'r ddau'n chwerthin nes eu bod nhw'n sâl.

Yn y man, fe sobrodd y ddau.

"Huw, mae eisiau bwyd arna i. Tyrd, fe awn ni adre."

"O'r gorau."

Ac adre'r aeth y ddau. Ond wrth nesáu at y garafan, meddai Huw wrth Puw, —

"Paid â dweud dim wrth mam am y ferch yna . . . am y ferch yna yn fy nghusanu i. Fe fydd hi'n siŵr o dynnu 'nghoes i'n dragywydd."

"Rydw i'n mynd i dynnu dy goes di fy hunan, was."

"Na, Puw. Mi . . . ro i . . . mi ro i chwecheiniog i ti os peidi di."

"Chwecheiniog? Dyna fargen."

Ac ysgydwodd y bechgyn law am yr ail waith y bore hwnnw.

* * * *

Y bore wedyn, roedd Huw a Puw yn y garafan gyda'u mam. Roedden nhw newydd gael eu brecwast, a nawr roedden nhw'n ceisio penderfynu beth i'w wneud y bore hwnnw. Cicio pêl yn y cae oedd dymuniad y bechgyn, ond . . .

" Na," meddai'r fam. " Gwell peidio â chicio pêl yn y cae y bore yma. Mae Mrs Williams wedi dod i'r garafan nesaf. Roedd hi'n hwyr iawn yn cyrraedd neithiwr — ymhell ar ôl i chi fynd i gysgu — ac mae'n siŵr bod arni hi eisiau tawelwch y bore yma, a chael awr fawr ecstra yn y gwely."

" O'r gorau, mam. Fe awn ni am dro i weld Mr Bifan yn y fferm," meddai Puw.

Ond na, doedd ar Mrs Williams ddim eisiau awr fach ecstra yn y gwely, oherwydd dyna hi wrth ddrws y garafan, a'r papur newydd yn ei llaw.

" Mrs Powel! O, Mrs Powel! Ga i'ch llongyfarch chi, a'r bechgyn yma? Dyna i chi fechgyn da, yn enwedig Huw. O, Huw, rwyt ti'n fachgen dewr! "

Edrychai Mrs Powel a'r efeilliaid yn hurt ar Mrs Williams. Beth oedd yn ei phen hi?

"Huw yn fachgen dewr? " gofynnai Mrs Powel. " Be mae e wedi'i wneud? "

" Ydych chi ddim yn gwybod, Mrs Powel? Ond dyna, mi allwn i ddisgwyl rhywbeth fel yna oddi wrth fachgen mor ddewr, yn cadw'r cyfan iddo'i hun."

" Eglurwch eich hun, Mrs Williams, wir. Does gen i ddim syniad am be rydych chi'n siarad."

34

" Nac oes, mae'n siŵr. Ond ddoe roedd Huw yn achub Puw rhag boddi."

" O, hwnna! " meddai Mrs Powel yn ddihidio.

" Ond Mrs Powell fach, dyna'r cyfan rych chi'n ddweud am y bachgen dewr? "

" Bachgen dewr? O, twt! "

" Wel, Mrs Powel, mae pobl eraill yn meddwl mwy am eich mab nag ydych chi."

" Be ydy'ch meddwl chi, Mrs Williams? "

" Wel, roedd rhywun ar y traeth ddoe, ac fe welodd e Huw yn achub ei frawd o'r môr, ac roedd e'n meddwl yn ddigon uchel o'ch mab i anfon ei hanes i'r papur . . . a'i lun e hefyd. Llun Huw *a* Puw, o ran hynny."

" Be . . . be . . . beth? " meddai'r fam yn syn.

" O, na! " meddai Huw a Puw.

" Dyma fe i chi, yn y papur yma. ' *Brother saves brother from watery grave!* A dyma'u llun nhw'n ysgwyd llaw. Ydych chi'n gweld beth sydd o dan y llun? ' *A brother's gratitude* '."

" Gadewch imi weld," meddai Mrs Powel a'i hwyneb yn wyn fel y galchen.

Rhoddodd Mrs Williams y papur iddi hi.

" *This morning a drama was enacted on the beach at Aberhalen, a pretty little village on the shores of Cardigan Bay* . . . Na! . . . *Snatched from a death most terrible* . . . Na, na, na! . . . *But the gallant hero looked upon his deed as just an every day occurrence* . . . Na, na, na, na, na! "

" Pam rydych chi'n dweud ' Na ' o hyd, Mrs Powel? "

" Twyll yw hyn i gyda. Dyna pam, Mrs Williams. Twyll, twyll, twyll! "

" Twyll? "

35

" Ie, twyll. Achubodd Huw mo Puw o gwbl. Chwarae roedd y ddau."

" Chwarae? "

" Ie, chwarae achub bywyd. Maen nhw'n chwarae achub bywyd yn aml am wn i."

Trodd Mrs Powel at ei dau fab.

" Be sy gynnoch chi i'w ddweud am hyn? Ti, Huw. Ti yw . . . arwr . . . y nonsens yma. Be sy gen ti i'w ddweud? "

" Dim, mam. Dim." Roedd yr holl beth y tu hwnt iddo fe.

" Dim? "

" Wel, mam, roedd Puw a fi'n gorwedd ar y traeth ar ôl chwarae, ac fe ddaeth rhyw ddyn a'i ferch aton ni. Fe ddwetson nhw rywbeth am ' fachgen dewr ', a'u bod nhw wedi 'ngweld i'n achub Puw o'r môr, a lot o ffwlbri . . . "

" Ac roeddet ti'n cymryd arnat ti fod yn arwr, ac yn y blaen, sbo? "

" Wel, na, mam. Dydw i ddim yn deall y peth o gwbl. Ond fe ofynnodd y ferch a gâi hi dynnu'n llun ni. Doedd dim byd yn erbyn hynny, mam."

" Ac fe gafodd Huw glamp o gusan gan y ferch! "

" Puw! Fe ddwedaist ti na fyddet ti'n dweud. Chei di mo'r chwecheiniog yna nawr."

" Chwecheiniog? Pa chwecheiniog? " Y fam, wrth gwrs.

" Na hidiwch, mam. Fyddwch chi ddim yn deall."

" Mae yna lot nad ydw i ddim yn ei ddeall."

" Mae yna lot mwy yn y papur hefyd, Mrs Powel."

" Be arall sy yn y papur? "

" Maen nhw'n mynd i roi anrheg i Huw, a thystysgrif am achub bywyd, a medal a phob math o bethau."

" Nac ydyn! O, be wna i? A finnau wedi dod yma am wyliau tawel, a dyma be sy'n digwydd. Alla i ddim dangos fy wyneb yn y lle yma eto."

" O, mam, peidiwch â siarad fel yna," meddai Puw. " Fe fydd pawb wedi anghofio'r cwbl mewn llai nag wythnos."

" Beth am yr anrheg yma, a'r dystysgrif a'r fedal. Allwn ni byth â'u derbyn nhw. Rwy'n mynd i ysgrifennu i'r papur yn syth nawr i ddweud mai twyll yw'r cyfan."

" Gadewch lonydd i'r peth, Mrs Powel," cynghorodd Mrs Williams, " neu fe fydd pawb yn chwerthin am eich pen chi a'r bechgyn. Does dim bai arnyn nhw, hyd y gwela i. Nid arnyn nhw mae'r bai fod y dyn yna wedi anfon eu hanes nhw i'r papur."

" Ond sut y gallwn ni wynebu pobl? Fe fydd pawb yn dod aton ni ar y stryd, fel y daethoch chi, Mrs Williams, i'n llongyfarch ni . . . wel, i longyfarch Huw. Allwn ni ddim byw ar dwyll, Mrs Williams."

" Wel, mae hi'n broblem, Mrs Powel fach. Ond rhyngoch chi a'ch busnes, ynte? Rydw i'n gwybod be faswn i'n ei wneud."

" Be, Mrs Williams? "

" Cau 'ngheg, wrth gwrs. Ydych chi wedi gorffen â'r papur? "

" O, y papur. Ydw, diolch yn fawr."

" Diolch, Mrs Powel. Rwy'n mynd 'nôl i'r garafan nawr. Mae fy mrecwast i'n oeri. Da boch chi."

Ac fe aeth Mrs Williams yn ôl i'w charafan . . .

" O, rydych chi'n fechgyn dwl," meddai Mrs Powel wrth yr efeilliaid wedi cael cefn Mrs Williams.

" Nid arnon ni mae'r bai," meddai Puw. " Wir, mam, doedden ni'n gwybod dim fod y dyn yna'n mynd i roi'r hanes yn y papur."

" Doedden ni ddim yn deall am be roedd y dyn a'r ferch yn siarad nes iddyn nhw fynd i ffwrdd," ychwan- egodd Huw.

" Wel, mae'n rhaid imi ysgrifennu at y golygydd neu rywbeth. Allwn ni ddim byw celwydd, a gadael i bobl ddod aton ni i'n llongyfarch ni . . . "

" Fe fyddan nhw'n dod nawr beth bynnag wnewch chi, mam. Mae'r stori *wedi* cael ei chyhoeddi yn y papur," meddai Puw gall.

" Wel, mae'n rhaid imi ysgrifennu."

" Gawn ni fynd am dro nawr, mam? " gofynnodd Huw.

" Cewch, sbo, ond cadwch o olwg pawb. Fe fydd pawb sy wedi darllen y papur a gweld eich llun chi ar eich ôl."

" Fe wnawn ni'n gorau i gadw o'r ffordd, mam," meddai Puw. " Rydyn ni'n mynd nawr, mam."

" O'r gorau, fechgyn."

*   *   *   *

Chafodd Mrs Powel erioed lythyr caletach i'w ysgrif- ennu na'r llythyr hwnnw. Fe fu hi wrthi yn meddwl ac yn ail-feddwl, yn ysgrifennu ac yn ail-ysgrifennu, yn rhwygo ac yn torri darn ar ôl darn o bapur trwy'r bore bron, ac yn y diwedd doedd hi fymryn nes at orffen ei thasg. Edrychodd hi ar y cloc. Hanner awr wedi deuddeg!

" Fe fydd y bechgyn nôl nawr, a does dim cinio'n barod iddyn nhw. O, baw i'r llythyr, ddweda i. Mae boliau'r bechgyn yn bwysicach o lawer."

Rhoes Mrs Powel y papur a'r taclau ysgrifennu heibio, ac aeth ati i baratoi cinio i'r ddau flaidd oedd ganddi yn feibion.

Ond dyna gar yn llithro i mewn i'r cae. Rhoes Mrs Powel gip arno trwy'r ffenest. Car pwy oedd hwn, tybed? Asgwrn! Roedd e'n dod at y garafan. Roedd e'n aros wrth y garafan. Car go smart hefyd. Safodd y car, a daeth dyn allan. Daeth y dyn at ddrws y garafan. Rhoes gip i mewn, a phan welodd e Mrs Powel, cododd ei het yn foneddigaidd.

" Bore da. Ellwch chi ddweud wrtho i, os gwelwch yn dda, ym mha un o'r carafanau yma mae Mr Powel yn byw, neu'n aros? "

" Does dim Mr Powel yn aros yma. Ond fi ydy Mrs Powel."

" Chi ydy mam y ddau fachgen Huw a Puw Powel? "

Beth oedd gan y dyn yma i'w wneud â'r bechgyn? Ochneidiodd Mrs Powel.

" Ie, fi ydy eu mam nhw. Ac os ydych chi'n dod oddi wrth unrhyw bapur newydd, gadewch imi ddweud ar unwaith mai twyll a chelwydd yw'r cyfan."

" Twyll a chelwydd? Be ydych chi'n feddwl, Mrs Powel? "

" Doedd Huw ddim yn achub ei frawd rhag boddi ddoe."

" O? "

" Nac oedd. Chwarae roedd y ddau. Chwarae achub bywyd ac rwy'n ysgrifennu at olygydd y papur i ddweud hynny nawr."

" O . . . wel . . . ym . . . ond maen nhw'n ddau fachgen cryf, on'd ydyn nhw? Wel, maen nhw'n edrych felly yn y llun yn y papur."

" Ydyn, maen nhw'n ddau fachgen . . . wel, maen nhw'n bictiwr o fechgyn, ac yn bwyta fel ceffylau, ac os na fydd eu cinio nhw'n barod pan ddôn nhw i mewn,

fe fydd yn hylabalw yma. Felly, esgusodwch fi. Mae'n
rhaid imi fynd ymlaen â'r cinio."

"Arhoswch, funud, Mrs Powel. Mater o fwyd sydd
gen i. Dydw i ddim yn cynrychioli unrhyw bapur
newydd. Ond rydw i'n gweithio gyda chwmni bwyd, ac
fe fyddwn ni'n cychwyn bwyd brecwast newydd sbon ar
y farchnad cyn bo hir. A'r hyn sy gynnon ni ei eisiau
nawr ydy llun i'w roi ar y bocs — y bocs fydd yn cyn-
nwys y bwyd brecwast newydd yma."

"Rydych chi am roi llun Huw a Puw ni ar focs . . .
ym . . . uwd . . . neu rywbeth felly? "

"Dyna fe, Mrs Powel, ond fe fydd yn rhaid imi weld
y bechgyn fy hunan yn gyntaf, wrth gwrs. Rhag ofn bod
y llun yn y papur yn dweud . . . ym . . . celwydd."

"O, mae'r llun yn y papur yn dweud celwydd yn
eitha siŵr i chi."

"Na hidiwch chi hynny nawr, Mrs Powel. Ein syniad
ni oedd cael llun y bechgyn yn ysgwyd llaw, hynny yw,
ysgwyd llaw ag un llaw, a dal llond dysgl o'r bwyd brec-
wast newydd yn y llaw arall. Y syniad oedd bod y ddau
fachgen yn eu llongyfarch ei gilydd fod ganddyn nhw
fam oedd yn ddigon call i brynu'n bwyd brecwast
newydd ni — y bwyd brecwast gorau yn y byd. Ac o
dan y llun, fe fyddai'r gair LLONGYFARCHION . . .
mewn llythrennau bras, wrth gwrs."

"Wel, wir, dydw i ddim yn gwybod beth i'w ddweud.
Fe fyddai'n rhaid i chi siarad â'u tad, wrth gwrs. Mae e
mewn ysgol haf yn y brifysgol ar hyn o bryd. Athro
ysgol yw e, chi'n gweld."

"Wrth gwrs, fe fyddai'n rhaid inni gael caniatâd eu
tad nhw."

"A nawr, mae'n rhaid imi hwylio cinio i Puw a Huw,
ac ysgrifennu'r llythyr yna."

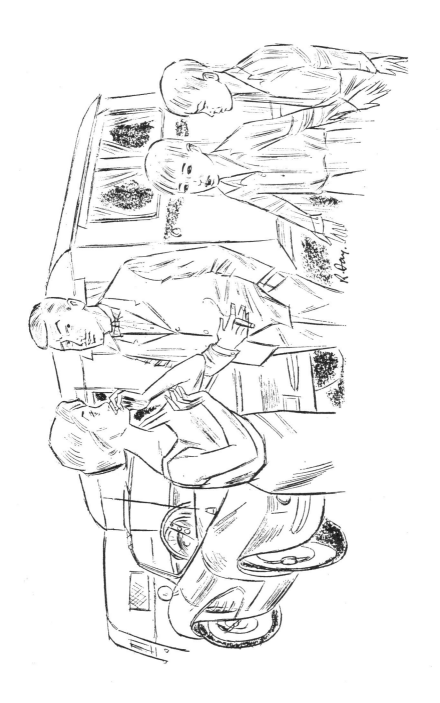

" Faswn i ddim yn trafferthu â'r llythyr, Mrs Powel."

" Ddim yn trafferthu? Allwn ni ddim byw ar dwyll, Mr . . . "

" Lefi yw'r enw, Mrs Powel."

" Allwn ni ddim byw ar dwyll, Mr Lefi."

" Wel . . . ym . . . "

A dyna syniad newydd yn taro Mrs Powel.

" Fyddai'n rhaid i'r bechgyn fwyta'r bwyd brecwast newydd yma? "

" Bwyta'r stwff? A'u helpo! "

Gyda'r gair dyma'r ddau greadur bach mwyaf truenus yr olwg yn dod ac yn sefyll yn nrws y garafan. Roedd y dŵr yn diferu o'u gwalltiau a'u clustiau a'u dillad a'u sgidiau.

" Beth? Pwy ydy'r rhain? " meddai Mr Lefi.

Rhwbiodd Mrs Powel ei llygaid.

" Huw! Puw! Ble rydych chi wedi bod? "

Dim gair.

" Y . . . ydych chi wedi bod yn y môr? "

" Ydyn, mam."

" Ydych chi wedi bod yn ymdrochi yn eich dillad? "

" Ydyn, mam."

" O? A rydych chi wedi bod yn achub bywyd unwaith eto."

" Ydyn, mam."

" Ydych chi'n gweld, Mr Lefi, y bechgyn sydd gen i? Cael eu llun nhw yn y papur newydd trwy dwyll, a nawr, maen nhw wedi bod yn nofio yn eu dillad. Glywsoch erioed am ddau mor hurt â'r rhain? "

" Nid arnon ni roedd y bai am y papur newydd, mam."

Roedd y fam yn gwybod hynny'n eithaf da erbyn hyn, ond druan ohoni, roedd hithau wedi hurto braidd rhwng y ffwdan o orfod ysgrifennu'r llythyr at y golygydd, a nawr y Mr Lefi yma'n ffwndro'i phen hi â'i fwyd brecwast newydd. A dweud y gwir, wyddai hi ddim ble roedd hi. Trodd at y bechgyn.

" I mewn i'r garafan yma ar unwaith, a newid eich dillad, ac wedyn i'r gwely â chi. Rydych chi wedi bod yn chwarae rhyw driciau newydd lawr ar y traeth yna, mae'n siŵr gen i."

Aeth y ddau fachgen i mewn i'r garafan. Ond pwy oedd hwn oedd yn dod nawr at y garafan? Plismon? Mae'n rhaid mai hwn oedd plismon y pentref. O, be roedd y bechgyn wedi bod yn ei wneud nawr? Gwyliau tawel, wir! Daeth y plismon at Mrs Powel.

" Chi yw Mrs Powel? "

" Ie."

Tynnodd y plismon ei lyfr bach du o'i boced.

" Chi yw mam Huw a Puw Powel? '

" Ie, fi yw eu mam nhw, fel mae gwaetha'r modd."

" Fel mae gwaetha'r modd? Be sy yn eich pen chi, ddynes? Fe ddylech chi fod yn falch o'ch meibion."

" Be . . . be maen nhw wedi'i wneud nawr? "

" Achub dyn o'r môr."

" Achub . . . dyn? "

" Dyna be ddwedais i. Roedd y dyn yma wedi mynd i ymdrochi a'r llanw'n mynd allan — a'i fola fe'n llawn o chips hefyd — a be allech chi ddisgwyl wedyn? Cramp, wrth gwrs. Ac roedd e'n cael ei gario allan gan y llanw. Ond be wnaeth y bechgyn yma? Neidio'n syth i'r dŵr, a nofio . . . faint nawr . . . ryw hanner canllath . . . do, fe nofion nhw hanner canllath at y dyn a'i dynnu fe i'r traeth."

" Wel, dyna i chi dda! " oddi wrth Mr Lefi.

" Ond nid dyna'r cyfan. Wedi cael y dyn i'r traeth —

ac wrth gwrs, roedd y dyn yn llawn o ddŵr . . . a chips . . .
ac yn anymwybodol — be feddyliech chi wnaeth y bech-
gyn? Rhoi ymgeledd i'r dyn a chwythu lawr ei gorn
gwddwg e nes ei fod e'n dod ato'i hun. Dyna beth
wnaeth eich bechgyn chi, ddynes. Fe ddylech chi fod yn
falch ohonyn nhw! "
    " Fy mechgyn glân i! "
    " Mae'n rhaid imi gael eu llun nhw ar y bocs bwyd
brecwast nawr," meddai Mr Lefi. " Ac mi fyddwn ni'n
hysbysebu ar y teledu, ac fe fydd llun y bechgyn ar y
bocs ar y teledu. Fe fydd y stwff yma'n gwerthu fel . . .
fel chips. Llongyfarchion, Mrs Powel."
    Ond doedd Mrs Powel ddim yno i wrando ar y dyn.
Onid oedd hi wedi anfon ei dau arwr i'r gwely am
bechod nad oedden nhw wedi'i gyflawni. Roedd yn rhaid
gwneud iawn am y cam. Aeth i mewn i'r garafan.
    " Huw! Puw! Fy mechgyn annwyl i! "
    Ond doedd ei ' bechgyn annwyl ' hi ddim yno, ond
roedd dau bentwr o ddillad gwlybion ar y llawr. Roedd
clywed y gair ' chips ' gan y plismon wedi atgoffa'r
bechgyn fod siop chips y pentre ar agor amser cinio, a
doedd dim argoel o ginio yn y garafan! A pheth arall,
doedd arnyn nhw ddim eisiau gwrando ar y plismon
yna'n sôn am fod yn falch ac yn y blaen. Pam roedden
nhw wedi dysgu ' achub bywyd ' onid i achub bywyd, os
byddai galw am hynny? Ond pan ddaethon nhw nôl i'r
garafan — yn llawn o chips — fe gawson nhw dderbyn-
iad gan eu mam.
    " Nid un arwr sy gen i nawr, ond dau! "
    Dyna oedd byrdwn ei chân. Ac fe anghofiodd hi am y
llythyr yna i'r golygydd. O, do! Onid oedden nhw wedi

gwneud rhywbeth mwy nag achub brawd o'r môr?
Roedden nhw wedi achub dyn.

*   *   *   *

Mae'n siŵr eich bod chi wedi sylwi nad ydy llun Huw
a Puw wedi ymddangos ar unrhyw focs bwyd brecwast
eto. Be ddigwyddodd oedd hyn. Cyn caniatáu i'r llun
gael ei ddodi ar y bocs, fe fynnodd Mrs Powel gael
profi'r bwyd brecwast newydd drosti ei hun. " Ach! Y
fath stwff! " meddai hi amdano wedi iddi ei flasu, ac
fel roedd hi ei hunan wedi dweud lawer gwaith, " Ellwch
chi ddim byw ar dwyll."

3. Y CAPTEN

FE BARODD y sôn a'r siarad am ddewrder Huw a Puw yn achub y dyn o'r môr am rai dyddiau. Ond yn fuan fe anghofiwyd am y weithred. O leiaf fe anghofiodd Huw a Puw. Yn fuan hefyd, anghofiwyd am Mr Lefi a'i fwyd brecwast newydd sbon. O fewn ychydig ddyddiau roedd y bechgyn 'nol yn yr hen rigol hyfryd o nofio, cerdded, chwarae pêl a chriced . . . a bwyta a chysgu, wrth gwrs.

Un prynhawn, wedi cael cinio, dyma'r bechgyn yn gofyn i'w mam, —

"Dewch i chwarae criced gyda ni yn y cae, mam. Does gyda ni ddim stwmpwr. Mae'n rhaid inni gael stwmpwr neu fyddwn ni'n gwneud dim ond rhedeg ar ôl y bêl o hyd. Dewch, mam!"

"Mi ddo i ar ôl cael cip ar y papur newydd," meddai hi.

Oddi ar y bore pan ddaeth Mrs Williams i ddangos hanes y 'brawd yn achub brawd o'r môr', roedd Mrs Powel wedi mynnu cael y papur newydd. Ond doedd hi ddim yn cael amser i'w ddarllen tan ar ôl cinio bob dydd.

"Peidiwch â bod yn hir te," meddai Puw. "Tyrd, Huw. Fi sy'n batio gyntaf."

Dechreuodd y bechgyn ar ei gêm tra oedd y fam yn eistedd yn ei chadair gynfas y tu allan i'r garafan. Puw oedd yn batio a Huw'n bowlio. Roedd gan Huw syniad uchel iawn amdano'i hun fel bowliwr cyflym — roedd e'n bowlio bron mor gyflym â Freddy Trueman. Dim

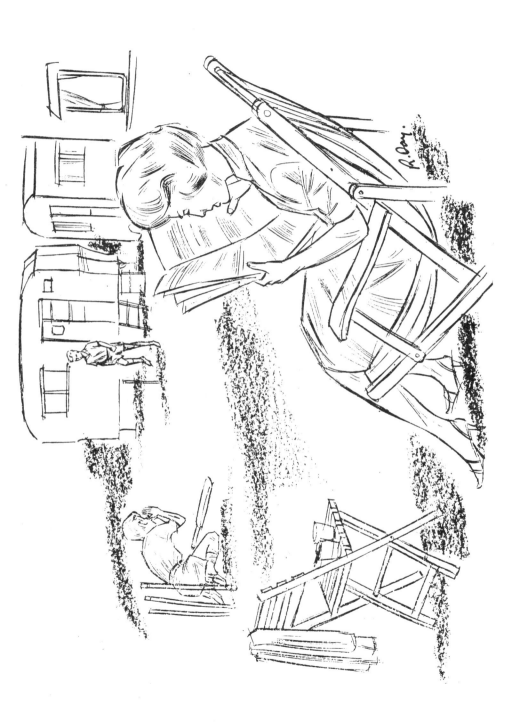

ond Huw oedd yn meddwl hynny, wrth gwrs. Y gwir oedd mai po gyflymaf roedd e'n bowlio, pellaf yn y byd roedd e oddi wrth y wiced.

Dechreuodd Huw fowlio. Cerddodd ryw ddeg llath ar hugain yn ôl o'r wiced. Trodd ar ei sawdl a dechrau brasgamu tua'r wiced. Stopiodd e'n sydyn. Roedd Puw ar ei benliniau wrth ei wiced a'i ddwylo ymhleth o'i flaen.

" Hei, be rwyt ti'n ei wneud? " gwaeddodd Huw.

" Gweddïo! " gwaeddodd Puw 'nôl.

" Gweddïo? Pam? "

" Roedd arna i ofn na allet ti stopio, ac y byddet ti'n mynd trwy'r berth acw a thrwy'r cae nesaf a dros y dibyn i'r môr. Ond rydw i'n gweld bod dy frêcs di'n iawn. Bowlia eto! "

" Hy! " oedd unig ateb Huw.

Aeth e 'nôl ac ail-gychwyn ei ras am y wiced. Fflach-iodd y bêl o'i law, ond ble roedd hi'n mynd? Nid am wiced Puw, roedd hynny'n siŵr. Disgynnodd hi ryw ugain llath oddi wrth y wiced, ac yna, fe roes hi naid uchel a disgyn yng nghôl Mrs Powel. Neidiodd hithau ar ei thraed mewn braw.

" Be . . . be . . . be? " meddai hi gan chwilio am eiriau.

" Mae'n ddrwg gen i, mam," gwaeddodd Huw. " Mae'n ddrwg gen i! "

" Be rwyt ti'n ceisio'i wneud? Fy lladd i? " meddai'r fam.

" Fyddai hyn ddim wedi digwydd pe baech chi'n stympio inni, mam," meddai Huw wedyn.

" Stympio, wir. Byddwch yn ofalus neu mi fydda i'n mynd â'r bat a'r bêl yna oddi arnoch chi."

Eisteddodd hi unwaith eto a darllen. Roedd hi wedi dod dros ei braw yn gyflym iawn. Ond dyna, roedd hi wedi bod yn fam i'r ddau fachgen yma ers deuddeng mlynedd bellach, ac roedd hi wedi arfer â phob math o sioc a digwyddiad sydyn.

Taflodd Puw y bêl 'nôl i Huw, ond cyn iddo fe gychwyn am y trydydd tro at y wiced, dyna'r fam yn galw, —

" Gwrandewch, fechgyn. Mae yna leidr yn yr ardal yma."

" Lleidr? Ble? " gofynnodd Puw.

" Mae'n dweud yn y papur yma fod lleidr wedi dianc o'r carchar ym Mhendorlan a bod pobl wedi'i weld e ym Mrynyfaenor."

" Brynyfaenor? Ble mae hwnna? "

" O, ryw bedair milltir i ffwrdd, ddwedwn i. Ac mae e'n gwisgo siwt capten llong."

" Y lleidr yn gwisgo siwt capten llong? Dyna beth dwl. Dyw dynion yn y carchar ddim yn gwisgo siwtiau capten llong," meddai Huw a oedd wedi gadael y bowlio er mwyn dod yn nes i wrando ar ei fam.

" Nac ydyn, Huw. Ond mae'r lleidr yma wedi torri i mewn i dŷ ym Mrynyfaenor ac wedi dwyn siwt capten llong. Mae yna lot o hen gapteniaid yn byw yn yr ardal yma, Huw."

" O, rwy'n gweld. Wel, gobeithio y daw e i Aberhalen, ac i'r cae yma hefyd," meddai Huw wedyn.

" Dod yma? Pam, Huw? "

" Am fod eisiau stwmpwr arnon ni. Dyna pam. Tyrd, Puw. Fe awn ni 'nôl at y gêm," meddai Huw. " Falle y daw mam yn y munud."

" O'r gorau. Rwy'n dod," atebodd Huw.

Ond pwy oedd yn dod i mewn i'r cae nawr? Nage, nid dyn mewn siwt capten llong, ond dyn mewn siwt postmon.

" Llythyr i chi, Mrs Powel," meddai'r postmon.

"Diolch," meddai'r fam. "Hwyr heddiw, postmon."

"*Puncture*, Mrs Powel," ac i ffwrdd â'r postmon ar gefn ei feic.

Agorodd Mrs Powel y llythyr. Daeth gwên i'w hwyneb.

"O, gwrandewch, fechgyn," meddai hi. "Mae fy ffrind Morfudd yn dod yma y prynhawn yma, a'i gŵr hi hefyd. Roeddwn i wedi ysgrifennu ati hi i ddweud ein bod ni'n dod yma am wyliau."

"Morfudd? Pwy yw hi?" gofynnodd Puw.

"Mrs Morgan yw hi nawr. Roedd hi yn y coleg gyda fi ers lawer dydd."

"Ers lawer, lawer dydd, mam."

"Paid ti â bod yn *cheeky*, Huw. Maen nhw'n dod yma y prynhawn yma, ac felly, fechgyn, alla i ddim bod yn stwmpwr. Rhaid imi baratoi rhywbeth arbennig i Morfudd a'i gŵr i de."

"Bother!" meddai Huw. "Waeth inni roi'r gorau i'r gêm, Puw. Fe awn ni am dro."

"Ie, ewch am dro, fechgyn. Fe fydd te ardderchog yma i chi pan ddowch chi 'nôl."

"O'r gorau. Fe awn ni trwy'r caeau, Huw," meddai Puw.

I ffwrdd â'r ddau efell yn ddigon hapus. Falle y byddai Mr a Mrs Morgan yn chwarae criced gyda nhw ar ôl te. Ymlaen â nhw dan redeg a neidio bob yn ail â sefyll i edrych a siarad.

Roedden nhw wedi cerdded dwy neu dair milltir pan glywson nhw lais yn gweiddi arnyn nhw.

"Hei, chi!" meddai'r llais. "Rydych chi wedi gadael y gât ar agor."

Trodd y bechgyn, ac yn wir, roedden nhw wedi anghofio cau gât y cae ar eu holau. Fe fyddan nhw wedi

50

mynd 'nôl, ond roedd y ffermwr — dyna pwy oedd e — yn rhedeg tuag atyn nhw gan chwifio'i ffon a gweiddi'n gas. Meddyliai'r bechgyn mai'r peth callaf iddyn nhw'i wneud oedd rhedeg. A rhedeg a wnaethon nhw — yn syth am y berth a gwthio drwyddi.

"Wel, edrych, Puw, rydyn ni ar yr heol a dacw dai ac eglwys," meddai Huw. "Ydy'r ffermwr yn dod o hyd?"

Edrychodd Puw trwy'r berth. Oedd, roedd y ffermwr yn dod.

"Mae e am ein gwaed ni, Huw. Rhaid inni guddio."

"Ble, Puw? Yr eglwys! I mewn â ni i'r eglwys. Fe fyddwn ni'n saff yno."

Rhedodd y bechgyn nerth eu traed i gyfeiriad yr hen eglwys. I mewn â nhw trwy'r glwyd ac i'r eglwys.

"Dyna! Rydyn ni'n saff nawr," meddai Huw. "All neb wneud dim inni yn yr eglwys."

"Be rwyt ti'n feddwl, Huw?"

"Rydyn ni'n saff oddi wrth y polîs a phawb arall yn yr eglwys. Wyt ti ddim wedi clywed am bobl yn cael eu herlid ac yn dianc i'r eglwys? Unwaith mae eu dwylo nhw ar ddwrn y drws, maen nhw'n saff."

Chwerthodd Puw.

"Dyw hynny ddim yn wir nawr, Huw. Hist, Huw! Dyna gloc yr eglwys yn taro. Faint o'r gloch ydy hi?"

Rhifodd Huw a Puw yr oriau.

"Tri o'r gloch!" meddai Puw. "Mae eisiau bwyd arna i. Does dim argoel o'r ffermwr yna. Gwell inni gychwyn tua thre."

"Ydy. Tyrd, Puw."

Ond dyna sŵn rhywun yn cerdded i mewn i gyntedd yr eglwys.

"Y ffermwr!" meddai'r ddau gyda'i gilydd.

" Y tu ôl i'r cadeiriau yma! Tyrd! " meddai Puw. " A gobeithio na welith e ni."

Plygodd y bechgyn y tu ôl i'r cadeiriau, a'u calonnau'n curo'n gyflym. Fe glywson nhw sŵn traed yn cerdded i mewn i'r eglwys, ac yna'n cerdded yn araf ymlaen at yr allor. Mentrodd Puw godi'i ben. Bu bron iddo weiddi. Nid y ffermwr oedd yno, ond dyn mewn siwt capten llong!

" Edrych, Huw! " sibrydodd Puw. " Dyn mewn siwt capten llong! Wyt ti'n cofio be ddwedodd mam? "

" Ydw, rwy'n cofio. Mae lleidr wedi dianc o'r carchar ac mae e'n gwisgo siwt capten llong. Ond falle mai capten go iawn ydy hwn. Mae llawer ohonyn nhw'n byw yn yr ardal yma, meddai mam."

" Falle, ond edrych be mae e'n ei wneud nawr, Huw," sibrydodd Puw.

Roedd y dyn yn sefyll o flaen yr allor. Allor brydferth oedd hi a brodwaith hardd arni hi. Arni hefyd safai dau ganhwyllbren tal, arian. Cymerodd y dyn un ohonyn nhw yn ei law.

" Wyt ti'n gweld, Puw? " meddai Huw. " Be mae e'n mynd i'w wneud â'r canhwyllbren? Ydy e'n mynd i'w ddwyn e? "

" Wn i ddim, wir, Puw."

Cymerodd y dyn y canhwyllbren arall yn ei law hefyd, ac yna, ddal y ddau fel pe bai e'n eu pwyso nhw. Roedd hynny'n ddigon i'r bechgyn.

" Ie, y lleidr yw e," meddai Puw. " Does dim dowt gen i. Mae e'n mynd i ddwyn y canwyllbrennau. Rhaid inni ddweud wrth y polîs."

" Rhaid, os oes yna bolîs yn y pentre yma."

Cripiodd Huw a Puw o'u cuddfan ac allan trwy borth yr eglwys heb gadw'r mymryn lleiaf o sŵn. Wrth lwc, pwy oedd yn pasio clwyd yr eglwys ond plismon; plismon y pentre, mae'n debyg. Rhuthrodd y bechgyn amdano fe.

" Hei, ble rydych chi'n mynd," meddai dyn y gyfraith. " A be roeddech chi'n ei wneud yn yr eglwys? "

Thalodd y bechgyn ddim sylw i'r cwestiynau, ond medden nhw, —

" Chi! Dewch ar unwaith! "

" Be sy'n bod? " Y plismon, wrth gwrs.

" Mae lleidr wedi dianc o'r carchar," meddai Puw.

" Oes, mae lleidr wedi dianc o'r carchar," atebodd y plismon.

" Ac mae e'n gwisgo siwt capten llong."

" Ydy, mae e'n gwisgo siwt capten llong nawr."

" Rydyn ni'n gwybod ble mae e."

" Ble mae e? "

" Yn yr eglwys."

" Ac mae e'n mynd i ddwyn y canwyllbrennau."

" Roedd y canwyllbrennau yn ei ddwylo fe."

Roedd hyn i gyd braidd yn sydyn i'r plismon ac meddai fe, —

" Arhoswch chi nawr. Ydych chi'n dweud bod dyn yn yr eglwys? "

" Ydyn."

" A'i fod e'n gwisgo siwt capten llong? "

" Ydyn."

" A'i fod e'n mynd i ddwyn y canwyllbrennau? "

" Ydyn. Roedd y canwyllbrennau yn ei ddwylo fe," meddai Huw. " Dewch, neu fe fydd e'n dianc."

" Y lleidr sy wedi dianc o'r carchar yw e. Dewch! " meddai Puw.

" O'r gorau, dewch . . . y tu ôl imi," meddai'r plismon yn bwysig.

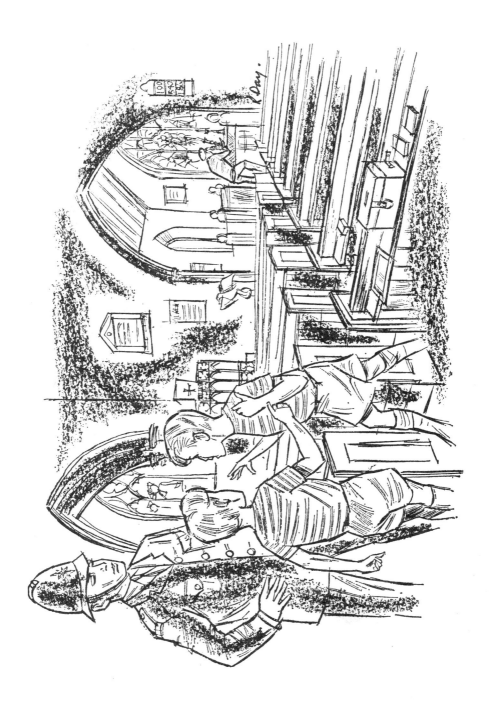

Ond roedd Huw a Puw wedi rhedeg o'i flaen, a dyna lle roedden nhw nawr yn mynd ar flaenau eu traed i mewn trwy borth yr eglwys. Dilynodd y plismon.

"Dacw'r lleidr," meddai'r bechgyn gan sibrwd yn floesg.

Roedd y dyn yn sefyll o hyd o flaen yr allor ac roedd e'n dal y canwyllbrennau yn ei ddwylo fel pe bai e'n eu pwyso nhw.

"Mae'n ddigon amlwg beth mae e'n ei wneud," meddai'r plismon. "Ceisio penderfynu mae e ydy'r canwyllbrennau'n werth eu dwyn. Rydw i'n mynd i siarad ag e."

"Rydyn ni'n dod i'ch helpu chi," meddai Huw wrth y plismon.

"Hy! Does arna i ddim eisiau help," atebodd e, a mynd yn araf a phwyllog tuag at y dyn.

"Prynhawn da, Capten," meddai fe pan ddaeth e at y dyn.

"Prynhawn da," atebodd y 'capten'.

"Be rydych chi'n ei wneud yma?" gofynnodd y plismon wedyn.

"Wel . . . ym . . . edrych ar y canwyllbrennau yma. Mae hynny'n ddigon amlwg, on'd yw e?"

"Ydy, ond pam rydych chi'n edrych arnyn nhw? Am eich bod chi'n mynd i'w dwyn nhw. Dyna pam. Rhaid ichi ddod gyda fi."

"Dod gyda chi. Peidiwch â siarad mor dwp. Dydw i ddim yn dwyn y canwyllbrennau."

"Gwrandewch arna i nawr. Mae dyn wedi dianc o'r carchar ym Mhendorlan. Fe dorrodd e i mewn i dŷ a dwyn siwt capten llong. Rydych chi'n gwisgo siwt capten llong. Chi yw'r lleidr."

"O, ddyn, rydych chi'n dwp. Capten llong ydw i.

Capten Harri Morgan, ac enw fy llong yw'r S.S. Morgannwg."

" Rydw i wedi clywed am Harri Morgan arall, a môrleidr oedd e. A lleidr ydych chithau hefyd."

" Ond rwy'n dweud wrthoch chi. Harri Morgan ydy f'enw i."

" Ellwch chi brofi hynny? "

" Gallaf, wrth gwrs. Mae gen i lythyrau a fy nhrwydded gyrru yn fy mhoced. Ac mae fy nghar i i lawr yr heol."

" O'r gorau. Gadewch inni weld eich trwydded gyrru."

Dododd y ' Capten ' ei law ym mhoced ei frest. Doedd dim llythyrau na thrwydded gyrru yn ei boced.

"Dario! Nawr rwy'n cofio. Mi newidiais i fy siwt y bore yma."

"Do, do," meddai'r plismon a gwên ddeallus ar ei wyneb. " A does dim arian yn eich pocedi chi chwaith."

Dododd y dyn ei ddwylo ym mhocedi ei drowsus.

" Na . . . nac oes! "

" Nac oes, siŵr."

" Mi alla i ddweud rhif fy nghar wrthoch chi. EEJ 699."

" Dyw hynny'n profi dim. Rydych chi wedi dwyn y car hefyd. Rhaid ichi ddod gyda fi."

" Y dyn dwl! " dechreuodd y dyn. " O, o'r gorau. Mi ddo i gyda chi. Ond fe gewch chi hi'n ddrwg am hyn. Ble rydych chi'n mynd â fi? "

" I'r tŷ, wrth gwrs. Ac wedyn mi fydda i'n ringio'r sarjant yn Aberhalen."

" Gobeithio fod ganddo fe fwy o sens nag sy gynnoch chi. Ymlaen â ni! "

Trodd y dyn a dechrau cerdded at y drws.

" Oes arnoch chi eisiau i ni ddod hefyd? " gofynnodd
Huw i'r plismon. " Oes gwobr am ddal y lleidr yma? Ni
welodd e gyntaf."

" Ie, a ni ddwedodd wrthoch chi," ychwanegodd Puw.
" Ac os oes yna wobr . . . "

" Na, does dim gwobr," meddai'r plismon, braidd yn
gas roedd y bechgyn yn meddwl. " Adre â chi nawr."

" Wel, dyna'r diolch rydyn ni'n gael! " meddai Huw.

" Gad iddo fe, Huw. Fe awn ni adre. Mae te ardd-
erchog yn ein haros ni, cofia."

Goleuodd wyneb Huw.

" Wel, oes. Da boch chi, yr hen draed mawr," meddai
Huw a brasgamu o gyrraedd y plismon.

*   *   *   *

Rhwng cerdded a rhedeg bob yn ail, fu'r bechgyn
ddim yn hir yn cyrraedd 'nôl i'r garafan. Roedd eu mam
yn eu haros nhw ar risiau'r garafan, a gwraig ddierth
gyda hi.

" Dyna'i ffrind hi ers lawer, lawer dydd," meddai
Huw wrth Puw fel roedden nhw'n agosáu at y garafan.

" Dyma fy nau arwr, Morfudd," meddai'r fam a
balchder yn amlwg yn ei llais.

" Mae'n dda gen i gwrdd â chi, fechgyn," meddai'r
ffrind. " Mae'ch mam wedi sôn llawer amdanoch chi y
prynhawn yma. Rydych chi'n fechgyn dewr iawn yn
achub y dyn yna o'r môr."

" O, fe . . . " meddai Huw. Meddwl roedd e tybed a
oedd y wraig yma'n gallu chwarae criced, a ble roedd ei
gŵr hi.

Roedd Puw yn meddwl yr un peth oherwydd dyma
fe'n gofyn yn blwmp, —

" Ydych chi a'ch gŵr yn chwarae criced? "

" Criced? " atebodd y wraig. " Wel, roedd fy ngŵr i'n chwaraewr da ers talwm."

" O, twt, does dim eisiau inni sôn am griced nawr," meddai'r fam. " Mae gynnon ni rywbeth gwell i sôn amdano."

" Oes. Te! " meddai Puw yn syth.

" Nage," atebodd y fam. " Nid ti a Huw ydy'r unig rai dewr, Puw. Mae Morfudd a fi'n ddewr hefyd."

" Chi'n ddewr, mam? "

" Ydyn, Huw. Wyt ti'n cofio imi ddweud wrthoch chi am y lleidr yna? "

" Ydw."

" Wyt ti'n gwybod ble mae e'n nawr? "

" Ble mae e? "

" 'Nôl yn y carchar! A wyddost ti pwy ddaliodd e? "

" Na . . . na . . . " braidd yn bryderus.

" Fi a Morfudd! "

" Na! " oddi wrth Huw a Puw.

" Be ddigwyddodd? " gofynnodd Puw wedyn.

" Wel," meddai'r fam, " fe ddaeth Morfudd . . . ym, Mrs Morgan, yma'n fuan wedi ichi fynd am dro, ac fe aethon ni am dro bach i lawr i'r traeth. Pan oedden ni'n dod 'nôl at y garafan, fe welson ni ddyn yn dod allan o'r garafan, ac roedd e'n gwisgo siwt capten llong."

" Pa . . . pa bryd oedd hyn? " gofynnodd Huw.

" O, tua thri o'r gloch."

" Tri o'r gloch? Wyt ti'n cofio, Puw? "

" Rwy'n cofio! "

" Be wedyn, mam? "

" Wel, roedd y dyn yma yn y siwt capten llong yn dod allan o'r garafan. ' Dyna fy ngŵr i,' meddai Morfudd."

" Eich gŵr chi? " gofynnodd Huw.

" Ie, ie," atebodd y ffrind. " Mae fy ngŵr yn gapten llong."

" Eich gŵr yn gapten llong? Be . . . be . . . be ydy enw ei long e? "

" Yr S.S. Morgannwg."

" Yr S.S. Morgannwg! A be ydy enw'ch gŵr chi? "

" Morgan. Capten Harri Morgan."

" Na! " oddi wrth Huw a Puw.

" Ond nid Capten Harri Morgan oedd yn dod allan o'r garafan," meddai'r fam. " ' Nid Harri yw e,' meddai Morfudd ac wedyn, roedden ni'n gwybod mai'r lleidr oedd e, achos fe ddechreuodd e redeg pan welodd e ni. Wrth lwc, fe lithrodd e ar y glaswellt, a chyn iddo fe gael siawns i godi roedd Morfudd wedi cydio ynddo fe. Roedd hi'n arfer bod yn athrawes ymarfer corff. Ac mi es i i'w helpu hi, wrth gwrs. Ac fe ddalion ni'r gwalch nes i ddau ddyn ddod heibio."

Gwrandawai Huw a Puw a'u cegau ar agor fel dau bysgodyn.

" Nawr be rydych chi'n ei feddwl o'ch mam a fi? " gofynnodd Mrs Morgan. " On'd ydyn ni'n ddewr hefyd? "

Ond meddwl am rywbeth arall roedd y ddau fachgen.

" Ble . . . ble mae'ch gŵr chi nawr? " gofynnodd Huw.

" Fe ddaeth e â fi yma yn y car, ac wedyn fe aeth e'n syth i weld rhyw hen eglwys. Mae e'n hoff iawn o hen eglwysi."

" O! " meddai Huw, ac roedd rhyw sŵn rhyfedd yn ei lais.

" Pam rwyt ti'n dweud ' O ' fel yna, Huw? " gofynnodd y fam.

" O . . . ym . . . eisiau bwyd, siŵr o fod, mam," oedd yr ateb.

Ond beth oedd y sŵn yna? Roedd car yn dod i mewn i'r cae. Edrychodd Huw ar Puw, a Puw ar Huw, ac yna, trodd y ddau i edrych ar y car.

"Wyt ti'n gweld pwy sydd yn y car yna?" sibrydodd Huw wrth Puw.

"Mae e'n edrych fel capten llong i mi. Edrych ar ei het e."

Roedd mam y bechgyn a'i ffrind Morfudd yn gwylio'r car hefyd.

"Y car! Dyna'n car ni," meddai'r ffrind, "a dyna Harri."

Cododd Morfudd ei llaw i dynnu sylw'i gŵr, a gyrrodd yntau'n syth tuag atyn nhw. Stopiodd e'r car a neidio allan.

"Harri," meddai Morfudd. "Rydych chi wedi dod o'r diwedd. Ble buoch chi cyhyd?"

"Yn y carchar!" oedd yr ateb annisgwyl.

Roedd Capten Harri Morgan mewn tymer ddrwg iawn.

"Yn y carchar?" meddai Morfudd ei wraig. "Be roeddech chi'n ei wneud yno?"

"Wel, fues i ddim yn y carchar — ddim yn hollol. Ond roedd yn rhaid imi fynd gyda rhyw blismon dwl i'w dŷ tra oedd e'n ffonio'r sarjant yma yn Aberhalen."

"Be ddigwyddodd?" gofynnodd Morfudd mewn penbleth.

"Roeddwn i yn yr hen eglwys ym Mrynyfaenor. Mae yna ganwyllbrennau hardd iawn yno, wyddoch. Roeddwn i'n edrych ar y canwyllbrennau yma pan ddaeth plismon i mewn. 'Lleidr ydych chi,' meddai fe. 'Rydych chi wedi dianc o'r carchar ym Mhendorlan. Ac rydych chi wedi dwyn y siwt yna, a nawr rydych chi'n mynd i ddwyn y canwyllbrennau."

" Ewch ymlaen, Harri."

" Mi geisiais ddadlau ag e ond roedd e'n ddyn mor dwp, ac yn y diwedd, mi es i gydag e'n dawel. Pan ffoniodd e'r sarjant, roedd y sarjant wedi dal y lleidr yn barod."

" O, na, nid y sarjant ddaliodd y lleidr," torrodd Mrs Powel ar ei draws. " Morfudd a fi ddaliodd y lleidr — y lleidr oedd yn gwisgo siwt capten llong."

" Ie, *ni* ddaliodd y lleidr, ond ewch ymlaen â'ch stori, Harri," meddai ei wraig.

" Wel, roedd dau fachgen yn yr eglwys. Roedden nhw'n cuddio yno neu rywbeth, ac roedden nhw wedi fy ngweld i'n cymryd y canwyllbrennau yn fy llaw. A nhw ddywedodd wrth y plismon dwl amdana i yn yr eglwys. Dau efell oedden nhw. Mi hoffwn i gael fy nwylo arnyn nhw nawr."

" Dau efell? " meddai Mrs Powel.

" Ie, ac mi rown i gurfa iddyn nhw pe bawn i'n cael gafael arnyn nhw."

" Hist, Harri, fe wyddon ni pwy oedd y ddau efell," meddai Mrs Morgan.

" Gwyddom," meddai Mrs Powel. " Huw a Puw! Ble rydych chi? Dewch yma."

Ond doedd dim sôn am Huw a Puw. Pan welson nhw'r car yn dod i mewn i'r cae a deall pwy oedd ynddo, roedden nhw wedi sleifio'n dawel y tu ôl i'r garafan. Ac wedi clywed geiriau cyntaf y capten, roedden nhw wedi gwasgu trwy'r berth a'i heglu hi i fyny'r bryn y tu ôl i'r cae.

" Fe gân nhw hi pan ddôn nhw'n ôl," meddai'r fam.

" Pwy ydyn . . . nhw? " gofynnodd Capten Morgan yn bryderus.

" Fy meibion i ydyn *nhw*," meddai Mrs Powel.

"Eich meibion chi? O, diar!"

"Ie, meibion Mair ydyn nhw. Dau fachgen dewr ydyn nhw, hefyd. Maen nhw wedi achub dyn rhag boddi," meddai Morfudd. "A chwarae teg iddyn nhw nawr hefyd. Roedden nhw'n meddwl mai chi oedd y lleidr, ac fe wnaethon nhw'n iawn i alw'r plismon."

"Wel . . . do, sbo," meddai Capten Harri Morgan. A dechreuodd e chwerthin. Ac yn fuan roedd y tri ohonyn nhw'n chwerthin.

A Huw a Puw? Ble roedden nhw? Roedden nhw'n eistedd ar ochr y bryn ac yn edrych i lawr ar y garafan. Roedd eu boliau'n wag, ac roedden nhw'n gwybod bod te ardderchog yn barod yno. Roedd ei mam wedi dweud ei bod hi'n mynd i baratoi te arbennig. Ac yno roedden nhw'n mynd i aros nes bod y car yna'n diflannu. Ond wydden nhw ddim mai chwerthin roedd y tri yn y garafan. Pe baen nhw'n gwybod . . . ond doedden nhw ddim, a dyna fe! Druan ohonyn nhw! Chawson nhw fawr o de y prynhawn hwnnw.

4. DAU DARW

CYFAILL MAWR Huw a Puw Powel yn Aberhalen oedd Mr Bifan. Ffermwr oedd Mr Bifan, ac enw'i fferm oedd Craig Afan. Roedd y bechgyn wrth eu bodd yn mynd i'r fferm, nid yn unig am fod yno ddau ferlyn bywiog — ac roedd y bechgyn yn cael mynd ar eu cefnau nhw pryd y mynnen — ond roedd Mr Bifan ei hun yn ddyn mor garedig. A Mrs Bifan? Wel, roedd hi y tu hwnt o groesawus, yn rhoi llaeth ac wyau ffres iddyn nhw bob tro yr aen nhw i'r fferm.

Roedd Craig Afan yn fferm fawr yn godro trigain o wartheg. Ond doedd gan Huw a Puw fawr o ddiddordeb yn y gwartheg godro. Nesaf at y ddau ferlyn, y ddau darw, Benja ac Wmffra, oedd yn mynd â'u bryd.

Dau darw mawr braf oedd Benja ac Wmffra; dau debyg iawn i'w gilydd, a'r ddau wedi ennill droeon yn y sioeau anifeiliaid yn y sir. Dau darw digon tawel oedden nhw hefyd, a doedd ar y bechgyn fawr o'u hofn nhw — pan oedd Mr Bifan gyda nhw.

Yn ystod wythnos olaf y bechgyn yn Aberhalen, roedd Sioe Fawr yn cael ei chynnal yno. Roedd Huw a Puw yn edrych ymlaen yn fawr iawn at y sioe, yn fwyaf arbennig am mai nhw oedd yn mynd â'r ddau darw i'r cylch — dan ofal Mr Bifan, wrth gwrs. Huw fyddai'n cael yr anrhydedd o arwain Wmffra i'r cylch, a Puw fyddai'n arwain Benja.

Am ddyddiau cyn y sioe roedd y ddau frawd yn treulio pob munud sbâr ar y fferm yn brwsio ac yn cribo, yn cribo ac yn brwsio'r ddau darw. Erbyn bore'r sioe roedd Benja ac Wmffra'n sgleinio fel sidan.

Fore'r sioe, fe aeth Huw a Puw i Graig Afan i gychwyn y teirw ar eu ffordd yn y ddwy fen fawr i gae'r sioe. A dyna lle roedden nhw'n edmygu eu gwaith gyda Mr Bifan.

"P'un ydy'r gorau, Mr Bifan? Wmffra neu Benja?" gofynnodd Huw.

"O, Benja ydy'r gorau. Fy nharw i ydy e," atebodd Puw cyn bod Mr Bifan yn cael cyfle i ddweud gair.

"Na, Wmffra ydy'r gorau," meddai Huw.

Fe welai Mr Bifan y byddai'n ddadl frwd cyn pen dim amser, ac i gadw'r ddysgl yn wastad, meddai fe, —

"Wn i ddim, wir, p'un ydy'r gorau. Maen nhw mor debyg i'w gilydd. Fe gawn ni weld be ddwedith y beirniad."

"Ie'r beirniad," meddai Huw. Doedd e ddim yn swnio fod ganddo fe ryw lawer o ffydd mewn beirniad!

Ond beth oedd y sŵn ofnadwy yna? Peswch? Ie, peswch! Roedd un o'r teirw'n pesychu.

"Mr Bifan! Gwrandewch!" meddai Huw a phanig yn ei lais. "Mae Wmffra'n pesychu! Be sy'n bod arno fe? Pam mae e'n pesychu?"

"Wn i ddim be sy'n bod arno fe," atebodd Mr Bifan. "Mae'r peswch yma'n sydyn iawn."

A dyma Wmffra'n pesychu unwaith eto—pesychu nes bod ei gorff mawr e'n ysgwyd fel mynydd.

"Mae arna i ofn y peswch yma," meddai Mr Bifan.

"Fydd raid iddo fe aros gartre, Mr Bifan?" gofynnodd Huw, a bron nad oedd dagrau yn ei lais e.

"Rydw i'n ofni felly, Huw."

"Dydy'r peswch yma ddim yn gatsin?" Puw oedd yn gofyn. Roedd e'n ofni am Benja, ei darw e!

" Catsin neu beidio, fe fydd yn rhaid i Wmffra aros gartre," meddai Mr Bifan.

" Ar ôl imi weithio mor galed gydag e hefyd. Edrychwch arno fe, Mr Bifan," meddai Huw.

Ond dyma Puw yn ceisio cysuro'i frawd.

" Fe gei di ddod i mewn i'r cylch gyda Benja a fi, Huw. Ynte, Mr Bifan? "

" Caiff, caiff," meddai yntau.

" Does arna i ddim eisiau mynd i mewn gyda Benja. Dy darw di ydy Benja."

" Wel, fechgyn, does dim i'w wneud. Fe fydd Wmffra'n aros gartre heddiw. Rydw i'n mynd i ffonio'r fet nawr."

A dyma Wmffra'n ysgwyd ei gynffon yn ddiamynedd, fel pe bai e'n dweud, —

" Ie, ffoniwch y fet a brysiwch hefyd. Mae'r peswch yma'n ddrwg! "

Ac i brofi ei bwynt, pesychodd Wmffra nes bod gwaliau'r beudy'n crynu.

Dau frawd digon trist aeth i'r sioe y dydd hwnnw. Roedd Huw'n drist am nad oedd ei darw e'n ffit i fynd i'r sioe; roedd Puw'n drist am fod Huw'n drist. Dau efell oedden nhw. Ond diflannodd tristwch Puw pan ddaeth yr amser iddo fe fynd i'r cylch gyda Mr Bifan a Benja. Mor falch roedd e'n teimlo yn dal y polyn a oedd yn sownd wrth y fodrwy yn nhrwyn y tarw.

" Hyp! Hyp! " meddai fe, a dyma'r mynydd o darw'n symud ymlaen yn urddasol wrth ei ochr. Doedd dim amheuaeth ym meddwl Puw — Benja oedd y tarw gorau yn y byd. Doedd dim angen beirniad i benderfynu hynny!

*   *   *   *

Roedd deg tarw yn y gystadleuaeth a dyma nhw'n cerdded rownd y cylch — pob un wrth bolyn neu raff — a'r beirniad yn edrych yn graff arnyn nhw. Toc, fe ddechreuodd y beirniad eu galw nhw i sefyll yn un rhes o flaen y stand fawr. Benja oedd y tarw cyntaf i gael ei alw.

" Rydyn ni'n mynd i gael y wobr gyntaf," sibrydodd Puw wrth Mr Bifan. " Beirniad da ydy hwn."

" Dydyn ni ddim wedi cael y wobr eto," meddai Mr Bifan.

Wedi cael y deg tarw i sefyll yn un rhes drefnus, daeth y beirniad at Puw a Benja.

" Wel, machgen i, be ydy enw'r tarw yma? " gofynnodd e i Puw, er bod yr enw'n ddigon plaen iddo fe ar y rhaglen yn ei law.

" Benja ydy ei enw e," atebodd Puw. " Mae e'n darw da."

" E? Pwy sy'n dweud? Pwy ydy'r beirniad yma? Chi neu fi? " gofynnodd y beirniad — yn ddigon sarrug hefyd. Wel, roedd e'n ymddangos felly.

" O, chi ydy'r beirniad. Ond mae e'n darw da. Fe ydy'r tarw gorau yn y wlad."

Roedd ar Mr Bifan ofn bod Puw'n dweud gormod. Roedd e'n gwybod yn eithaf da mai pobl bigog ydy beirniaid ar brydiau.

" Hist, Puw," meddai fe. " Nid ti ydy'r beirniad."

" Nage, nid ti ydy'r beirniad," meddai'r beirniad ei hun.

Tybed a oedd yna wên yn ei lais? Gwên neu beidio, fe safodd e 'nôl ac edrych i lawr ei drwyn ar Benja fel pe bai e'n fynydd o gaws drwg.

" Hy! Hwn ydy'r tarw gorau yn y wlad, aie? Mae e'n

rhy dew. Mae e'n ddiog. Does dim bywyd yn hwn. Ewch ag ei i ben arall y rhes."

Roedd hyn yn ormod i Mr Bifan. Mynd â Benja i ben arall y rhes, wir! Benja, y tarw gorau yn y sioe! Na, doedd Mr Bifan ddim yn mynd ag e i ben arall y rhes.

"Hyp! Hyp, Benja!" meddai fe. "Rydyn ni'n mynd allan o'r cylch yma.

"Be . . . beth? Mynd . . . mynd allan?" gofynnodd Puw yn syn.

"Ie, ie! Allan â ni, Puw!"

"Fyddwn ni ddim yn cael gwobr os awn ni allan."

"Chawn ni ddim gwobr gan y beirniad dwl yma, yn siŵr iti."

Wrth lwc, chlywodd y beirniad mo'r geiriau yma. Roedd e'n rhy brysur gyda'r ail darw yn y rhes.

"Hyp, Benja!" meddai Huw a chychwyn allan o'r cylch.

Fe aeth rhyw sŵn a si trwy'r dyrfa oedd o gwmpas y cylch. Beth oedd yn bod? Ond chafodd neb wybod . . .

Roedd Huw a'i fam yn aros am Puw a Mr Bifan — a Benja — pan ddaethon nhw allan o'r cylch. Wrth gwrs, roedd yn rhaid egluro i'r ddau beth oedd wedi digwydd.

"Wel, dyma beth ydy siom," meddai Mrs Powel. "Be wnewch chi nawr?"

"Mynd am gwpanaid o de. Dewch, Mrs Powel," atebodd Mr Bifan.

"Ond beth am Benja?"

"Fe fydd Benja'n iawn gyda'r bechgyn. Mae e mor dawel â'r oen."

"Bydd, bydd; fe fydd e'n iawn gyda ni," meddai Huw. "Ewch chi i gael cwpanaid."

Ac i ffwrdd â Mrs Powel a Mr Bifan i chwilio am y babell fwyd.

* * * *

Fe aeth Huw a Puw 'nôl i gyfeiriad y fen fawr yng nghefn y cae, a phawb yn gofyn pob math o gwestiwn iddyn nhw ar y ffordd. Ond er mai deuddeg oed oedd y ddau, roedden nhw'n ddigon call i beidio â dweud dim wrth neb.

Wedi cael gwared ar y bobl, fe safodd Huw yn sydyn reit.

" Puw! " meddai fe, ac roedd yn amlwg i Puw fod Huw wedi meddwl am rywbeth mawr.

" Be sy, Huw? "

" Chawn i ddim gwobr heddiw."

" Na chawn. Dyma Benja fan yma, ac mae Wmffra gartre'n sâl."

" Ond mae Mr Bifan wedi anfon enw Wmffra i mewn i'r gystadleuaeth. Mae Benja'n debyg iawn i Wmffra."

" Ydy! " meddai Puw, ac fe ddaeth rhyw fflach sydyn i'w lygaid e.

" Huw! Be sy yn dy feddwl di? "

" Yr un peth ag sydd yn dy feddwl di! "

" Mynd â Benja nôl i'r cylch! A dweud mai Wmffra ydy e! "

" Wel, fydd dim rhaid dweud mai Wmffra ydy e. Fe fyddai hynny'n dweud celwydd. Ond fe allen ni . . . fe allen ni adael i'r beirniad feddwl hynny, Puw. Fyddai hynny ddim cynddrwg â dweud celwydd," meddai Huw a'i dafod yn ei foch.

" Na fyddai. Wyt ti'n meddwl y gadawan nhw iti fynd i mewn i'r cylch nawr? Mae'r gystadleuaeth wedi dechrau ers meitin, fel y gwyddost ti."

" Fe allwn ni dreio."

" O'r gorau, Huw. Cydia yn y polyn yma. Nawr te, Benja, rownd â thi. Rwyt ti'n mynd 'nôl i'r cylch."

Ac yna, fe pe bai e'n dweud cyfrinach fawr, sibrydodd Puw yng nghlust y tarw,—

" Os bydd yr hen feirniad yna'n gofyn iti beth ydy dy enw di, dwed ti ' Wmffra '."

Trodd Huw y tarw rownd a chychwyn yn ôl tua'r cylch. Doedd e ddim yn siŵr a gâi e fynd i mewn a'r gystadleuaeth ar ei hanner, ond roedd yn werth rhoi cais arni.

Ymlaen â'r ddau fachgen a Benja'n dobio ymlaen rhyngddyn nhw. Mewn byr amser, wrth gwrs, roedd tyrfa wedi casglu o'r ddwy ochr iddyn nhw, ac aml oedd y cwestiynau.

" Ble rwyt ti'n mynd â'r tarw nawr? "

" Wyt ti'n mynd 'nol i'r cylch? "

Thalai'r bechgyn fawr sylw i neb. A dyma nhw'n dod at y glwyd oedd yn arwain i'r cylch. Wrth gwrs, roedd y glwyd ar gau, a dyn bach pwysig yn sefyll yno'n gofalu ei bod hi'n cadw ynghau.

" Helo! Helo! Ble rydych chi'n mynd â'r tarw yma? " gofynnodd y dyn bach.

" I mewn i'r cylch, wrth gwrs," atebodd Huw.

" O, na! Mae'r gystadleuaeth wedi dechrau ers meitin. A pheth arall, machgen i, rwyt ti wedi bod yn y cylch unwaith yn barod."

" Nac ydw. Dydw i ddim wedi bod yn y cylch. Fy mrawd sy. Dyma fe. Ydych chi'n ei weld e?' '

" Wel, diwcs, ie! Gefeilliaid ydych chi," meddai'r dyn.

" Y dyn bach clyfar," meddai Huw dan ei ddannedd.

" Ac mae dy frawd di wedi bod yn y cylch."

" Ydy, ydy. Ond dydw i ddim."

" Ond mae'r tarw yma wedi bod. Mi welais i dy frawd yn mynd ag e allan gynnau fach."

" Tarw Mr Bifan, Craig Afan, ydy hwn. Mae gan Mr Bifan ddau darw, Wmffra a Benja, ac maen nhw mor debyg i'w gilydd . . . mor debyg . . . wel, â mrawd, Puw, a minnau."

" A-ha . . . "

" Mae Benja wedi bod yn y cylch, ond dydy Wmffra ddim."

" A-ha, rwy'n gweld. A hwn ydy Wmffra. A-ha! Ac rwyt ti'n disgwyl imi ofyn a gei di fynd ag e i mewn i'r cylch. O'r gorau. Mi â i i weld nawr. Sefwch chi fan yma."

Ac i ffwrdd â'r dyn i holi ac i egluro. Croesodd Huw ei fysedd . . . a doedd e ddim wedi dweud celwydd . . . eto.

Sleifiodd Puw rownd at Huw.

" Wyt ti'n meddwl y cei di fynd i mewn, Huw? "

" Rydw i'n croesi mysedd, Puw. Ffst! Dacw'r dyn. Mae e'n codi ei law arna i. Agor y glwyd, Puw, ac i mewn â ni. Hyp, Benja! "

Fe ddaeth dyn y glwyd i'w cyfarfod — Huw a Benja.

" Dos ag e i ben pella'r rhes. Mae'r beirniad bron â gorffen ei waith. Ond mae e'n dweud yr edrychith e ar dy darw di. Rydw i wedi egluro am Wmffra a Benja, ac amdanat ti a'th frawd."

" O, diolch. Diolch yn fawr, syr," meddai Huw.

Roedd yn werth galw ' syr ' ar y dyn yma.

Fe aeth Huw ymlaen gyda Benja a sefyll yng ngwaelod y rhes.

Toc, roedd y beirniad wedi gorffen â'r teirw eraill, a dyma fe'n dod at Huw.

" Be ydy d'enw di, te? " gofynnodd y beirniad.

" Huw . . . "

Doedd Huw ddim am siarad gormod. Ond yn sydyn, meddyliodd tybed a ddylai e ddweud ' syr ' wrth hwn hefyd. Dylai. Roedd e'n bwysicach na dyn y glwyd.

" . . . Huw Powel, syr."

" A'th frawd? "

" Puw Powel . . . syr."

" Mae e wedi bod yn y cylch."

" Ydy, syr."

Gallai Huw bwysleisio'r ' syr ' nawr.

" Nawr te, gadewch inni weld y tarw yma. Mae dau darw gan Mr Bifan."

" Oes, syr. Wmffra a Benja."

" Mae Benja wedi bod yn y cylch."

" Ydy, syr."

" Ydy. Roeddwn i'n ei weld e braidd yn ddiog . . . braidd yn dew hefyd. Ydy hwn yn ddiog? "

" Wel, syr, chi ydy'r beirniad, syr."

Ond rhoddodd Huw dro bach cyfrwys i'r polyn fel roedd y fodrwy'n troi yn nhrwyn y tarw. Cododd Benja ei ben a stampio'i droed mewn protest.

" Mae mwy o fywyd yn y tarw yma," meddai'r beirniad a rhyw winc yn ei lygaid.

" Ydych chi'n meddwl, syr? "

" O, oes, mae tipyn o fywyd yn y tarw yma . . . nawr."

Fe safodd y beirniad 'nôl ar ei sodlau wedyn ac edrych yn graff ar y tarw. Roedd yn amlwg o'i edrychiad ei fod e'n edmygu'r tarw yma . . . beth bynnag oedd ei farn gynnau am Benja!

" Ydy," meddai fe, " mae hwn yn darw cryf, bywiog. Mae ganddo fe frest mawr, llydan . . . a chorff hir, cadarn. Ydw, wir, rydw i'n hoffi'r tarw yma, Huw."

" Ydych chi, syr? "

" Ydw, siŵr iawn. Ble mae Mr Bifan nawr. Ddaeth e ddim i mewn i'r cylch gyda chi."

" Mae e wedi mynd i gael cwpanaid o de gyda mam."

" Eich mam chi? "

" Ie."

" Fe gaiff e sioc pan ddaw e 'nôl. Wel, dyna fi wedi gorffen beirniadu. Sefwch chi fan yma gyda'r tarw. Wmffra, yntefe? "

Ddywedodd Huw ddim un gair. Dim ond edrych ar y beirniad a golwg ddiniwed iawn ar ei wyneb.

Fe aeth y beirniad i ffwrdd a dechrau siarad â dau neu dri o ddynion oedd yn sefyll naill ochr. Roedd rhosynnau'r buddugwyr gan un o'r dynion — y coch a'r glas a'r melyn. Pwy fyddai'n cael y rhosynnau, tybed? Benja? Fyddai fe'n cael un?

Fe ddaeth y dyn a'r rhosynnau ymlaen at y rhes deirw. Cerddodd e'n syth at ben arall y rhes. Suddodd calon Huw i waelod ei sgidiau. Caeodd e ei lygaid. Allai e ddim diodde gweld neb arall yn cael rhosyn. O, roedd e'n siomedig. Mentrodd agor ei lygaid o'r diwedd. Sioc! Roedd y dyn yn sefyll yn union o'i flaen e a'r rhosyn coch yn ei law! Cerddodd y dyn ymlaen a phinio'r rhosyn ar ffrwyn Benja. Y rhosyn coch! Roedd Benja wedi ennill y wobr gyntaf! Neidiodd Huw mewn llawenydd.

" Haleliwia! " gwaeddodd e dros bob man nes bod y tarw'n dechrau neidio hefyd. Oedd, roedd digon o fywyd yn y tarw yma!

" Help! " gwaeddodd Huw wedyn. " Aw! "

Cydiodd dyn y rhosynnau yn y polyn gyda Huw, ac fe fu hynny'n ddigon i dawelu'r tarw. Safodd e'n dawel tra oedd Huw'n derbyn y dystysgrif.

Dyna guro dwylo mawr a llawer 'hwrê' o blith y dyrfa o gwmpas y cylch wedyn. Roedd yn rhaid i Huw arwain yr orymdaith fuddugol rownd y cylch. Sôn am falchder. Fe stwffiodd ei frest allan fel colomen. Ond chafodd Huw ddim cadw'r clod a'r bri iddo fe'i hun. Dyna bitran-patran cyflym pâr o sgidiau ar draws y borfa. Puw, wrth gwrs. Ymunodd yntau â'r orymdaith gan gerdded ar ochr arall y tarw. Cosi pen wnaeth y dyrfa wrth weld dwy ffäen yn cerdded wrth ben y tarw, ond dal i weiddi 'Hwrê' 'run pryd. Roedd Huw a Puw wedi ennill calon y dyrfa. Roedden nhw mor fach ac eiddil wrth ochr y tarw — y cawr o darw . . .

* * * *

Roedd Mr Bifan a mam Huw a Puw wedi mwynhau eu cwpanaid o de.

" Mae'n well inni fynd 'nôl at y bechgyn nawr," meddai Mr Bifan toc. Roedd e mewn tipyn gwell hiwmor nawr nag oedd e'n gadael y cylch . . .

Cododd y ddau a mynd allan o'r babell fwyd a chychwyn am y fen fawr gan feddwl mai yno y byddai'r bechgyn gyda Benja. Roedd curo dwylo mawr a llawer 'Hwrê' yn dod o'r cylch. Roedd yn rhaid i Mr Bifan a Mrs Powel aros ac edrych dros ysgwyddau'r dyrfa i weld beth oedd yn mynd ymlaen.

" Be . . . beth? " meddai Mr Bifan.

Doedd e ddim yn gallu coelio'i lygaid.

" Edrychwch, Mrs Powel. Huw a Puw yn y cylch, ac maen nhw'n arwain Benja yn yr orymdaith . . . a . . . ac mae Benja'n gwisgo'r rhosyn coch . . . Mae Benja wedi ennill y wobr gynta. Ond sut yn y byd yr aeth e 'nôl i'r cylch. Dewch, Mrs Powel. Mae'n rhaid inni fynd i weld y bechgyn yma."

Ond roedd Mrs Powel yn barod ar ei ffordd i'r glwyd oedd yn arwain i'r cylch. Hi oedd y cyntaf i groesawu'r bechgyn.

" Wel, beth yn y byd mawr . . ." dechreuodd hi.

" Mam, mae Benja wedi ennill! " gwaeddodd Huw a Puw gyda'i gilydd.

" Wel, ydy, rwy'n gweld, ond sut 'raethoch chi 'nôl i'r cylch? "

" Ie, dwedwch! Benja ydy hwn, wrth gwrs. Chawsoch chi ddim amser i fynd adre i nôl Wmffra! "

Roedd Mr Bifan ar bigau'r drain!

" Ie, Benja ydy hwn, wrth gwrs. Ond mae e wedi bod yn y cylch ddwywaith," meddai Huw. " Fi aeth ag e'r ail waith."

" Fe est ti ar dy ben dy hun, Huw? " gofynnodd y fam yn syn.

" Gyda Benja, mam. Fe ddwedais i, Mr Bifan, fod gynnoch chi ddau darw . . . " dechreuodd Huw.

" Ac roedd y dyn ar y gât yn meddwl mai Wmffra oedd yn mynd i mewn yr ail waith. Yntê, Huw? " meddai Puw.

" Y bechgyn drwg! " meddai'r fam.

" O, na, mam," atebodd Huw. " Ddwedodd neb gelwydd. Ddwedais i ddim mai Benja oedd Wmffra."

" A doedd gynnon ni ddim help fod y dyn wrth y glwyd a'r beirniad yn meddwl mai Wmffra oedd e," meddai Puw a'i dafod yn ei foch.

" Rydych chi'n beiddio dweud bod y beirniad wedi rhoi'r wobr gynta i Benja, ac ar ôl dweud yr holl bethau cas amdano fe . . . ei fod e'n rhy dew . . . a'i fod e . . . " Cloffodd Mr Bifan.

" Ei fod e'n ddiog ac yn ddi-fywyd . . . " helpodd Puw.

"Ddwedodd y beirniad rywbeth wrthyt *ti,* Huw, am y tarw?" gofynnodd y fam.

"Wel, do. Fe ddwedodd e fod Ben . . . fod y tarw'n un da iawn; ei fod e'n gryf a solet . . . fod ganddo fe frest llydan a chorff hir, cadarn . . ." eglurodd Huw.

"Twt! Naddo!"

Doedd Mr Bifan ddim yn gallu credu'r fath beth — dweud pethau cas am ei darw un funud a'i ganmol e i'r cymylau ddeng munud yn ddiweddarach. Mae'n rhaid ei fod e'n ddall na welodd e mai'r un tarw oedd e. Ac fe ddwedodd e hynny wrth y bechgyn.

"Fe ddwedson ni fod Benja ac Wmffra'n debyg iawn i'w gilydd," meddai Puw.

"Ac mi rois i sgriw ar drwyn Benja i ddangos bod mwy o fywyd ynddo fe nag roedd y beirniad yn feddwl," ychwanegodd Huw.

"Wel, rydyn ni wedi cael y wobr, ac fe ddylen ni fod yn ddiolchgar," meddai Mr Bifan gan ysgwyd ei ben — roedd y benbleth yn para o hyd. Na, wir. Doedd e ddim yn deall. Roedd y beirniad yn bownd o fod yn ddall. "Ond ta waeth nawr. Rydyn ni'n mynd i gael parti."

"Parti?" gofynnodd Huw a Puw gyda'i gilydd!

"Ie, parti. Rydyn ni'n mynd â Benja adre, cael cip ar Wmffra i weld sut mae'r peswch, ac wedyn, rydyn ni'n mynd i Westy'r Ddraig i gael y cinio gorau sydd ganddyn nhw yno."

"Cinio yn y Ddraig! O, bois bach!" meddai'r ddau efell gyda'i gilydd.

"Fe gawn ni sgram," ychwanegodd Puw.

Ond dyma lais yn torri ar draws y llawenydd.

"Rydych chi'n edrych yn llon iawn yma."

Pwy oedd yno ond y beirniad. Y beirniad o bawb! Y beirniad dall, yn ôl Mr Bifan!

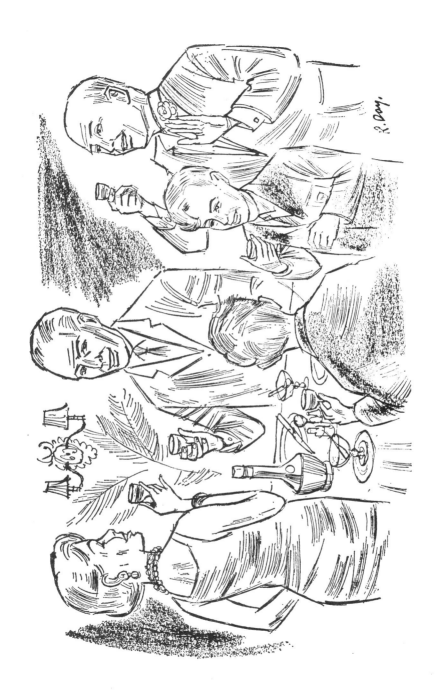

Trodd y pedwar i edrych arno fe — Huw a Puw a Mr Bifan a Mrs Powel. A rhaid cyfaddef mai braidd yn hurt yr edrychai pob un o'r pedwar. Ond dyna Huw yn cael hyd i'w dafod.

" Ydyn, syr. Rydyn ni'n cael cinio yn y Ddraig ar ôl mynd â Benj . . . ar ôl mynd â'r tarw adre."

Jest iawn iddo fe roi ei droed ynddi! Ond dyna sioc i'r pedwar. Meddai'r beirniad, —

" Ar ôl mynd â Benja adre."

"B . . . B . . . Benja? "

" Rydw i'n gweld nad ydych chi ddim wedi newid ei rif e eto."

" Newid ei rif e? "

" Ar y cerdyn am ei wddw. Rhif Benja ydy hwnna yn ôl fy rhaglen i. Gobeithio y cewch chi ginio da yn y Ddraig."

Ac i ffwrdd eg e a'r pedwar yn edrych fel pedwar hurtyn ar ei ôl e. Huw gafodd hyd i'w dafod gyntaf.

" Roedd e'n gwybod trwy'r amser! "

" Mae rhywun wedi bod yn tynnu coes rhywun," meddai Mr Bifan.

" Ond pam roedd e'n dweud pethau cas am Benja un funud, ac yn ei ganmol e'r funud nesaf? " gofynnodd Mrs Powel.

" Chawn ni byth wybod yr ateb i'r cwestiwn yna," meddai Mr Bifan.

Ond fe gawson nhw wybod, a hynny'n fuan hefyd, achos pwy oedd yn cael cinio yn y Ddraig yn ddiwedd-arach yn y dydd ond Mr Beirniad! Fe ddaeth e atyn nhw.

" Mae'n siŵr eich bod chi'n meddwl mai dyn go od ydw i, yn dweud pethau cas am Benja un funud ac wedyn yn rhoi'r wobr gyntaf iddo fe. Ond a dweud y gwir, tynnu coes y crwt yma . . . " ac edrychodd e o'r naill efell at y llall — doedd e ddim yn gallu penderfynu p'un oedd p'un — ond dyna Puw yn ei helpu fe, —

" Fi oedd yn y cylch gyntaf."

" Ie, ie, tynnu dy goes di roeddwn i gan dy fod di'n meddwl cymaint am yr hen darw. Roeddwn i'n meddwl bod Mr Bifan yn deall hynny, ac mi ges i sioc fy mywyd pan aethoch chi â Benja allan o'r cylch. Roedd hi'n ddigon amlwg i'r mwyaf dall mai Benja oedd y tarw gorau yn y sioe."

Roedd y gair ' dall ' yn taro nodyn ym meddwl Mrs Powel, a dyna hi'n gwenu'n slei fach ar Mr Bifan. Cochodd yntau. Ond dyna'r beirniad yn mynd yn ei flaen.

" A phan ddaeth dyn y glwyd i ddweud bod tarw arall Mr Bifan ar ei ffordd i mewn i'r cylch, roeddwn i'n falch yn fy nghalon. Mi gawn i gyfle i wneud iawn am y cam wnes i â Benja. A dyna falch oeddwn pan welais i mai Benja oedd yn dod 'nôl. Mi nabyddais i e ar unwaith. Ond chwarae teg i chi fechgyn am fod mor fentrus . . . a beiddgar. Roeddwn i jest â marw eisiau chwerthin, ond roeddwn i'n meddwl mai gwell oedd imi beidio â dweud mod i wedi gweld trwy'r . . . ym . . . twyll," gorffennodd y beirniad gan chwerthin yn harti.

" Ond ddwetson ni ddim celwydd," meddai Huw gan edrych ar y beirniad a golwg seraff ar ei wyneb ac yn ei lygaid.

" Naddo, ddwetsoch chi ddim celwydd, ond fe fuoch chi'n actio un yn bur dda. Ond nawr, gadewch inni yfed iechyd da."

Galwodd y beirniad am wydrau a gwin, a dyna'r pump yn yfed iechyd da. A'r testun, wrth gwrs, oedd, —
" BENJA ! "

Roedd sêr yn llygaid y bechgyn ar ôl gwagio'r gwyd-rau!

*   *   *   *

Oedd, roedd sêr yn llygaid y bechgyn y noson honno. Ond roedd y sêr wedi diflannu erbyn y bore. Pam? Am mai hwnnw oedd eu diwrnod olaf yn Aberhalen. Roedd eu gwyliau wedi dod i ben. Tawel iawn oedden nhw yr awr gyntaf ar y trên yn mynd adre i Fryncoch, ond erbyn cyrraedd y stesion honno a gweld eu tad yn aros amdanyn nhw ar y platfform, roedden nhw yn eu hwyliau iawn unwaith yn rhagor.

" Gawsoch chi wyliau da? " oedd cwestiwn cyntaf eu tad.

Be feddyliwch chi oedd yr ateb.